alta mar

AF069117

Ciencia Ficción

Bruño

La máquina maravillosa

Elvira Menéndez

Ilustradora
Alicia Cañas

Taller de lectura
Manuel Artigot

© Elvira Menéndez González.
© Grupo Editorial Bruño, S. L., 1989.
Juan Ignacio Luca de Tena, 15. 28027 Madrid.
www.brunolibros.es

Dirección del proyecto editorial
Trini Marull

Dirección editorial
Isabel Carril

Edición
Cristina González
Begoña Lozano

Preimpresión
Mar Garrido
Francisco González

Diseño
Inventa Comunicación

Este libro dispone de un **cuaderno de Lectura Eficaz**

Primera edición: marzo 1989
Trigésima segunda edición: noviembre 2018

Reservados todos los derechos. Quedan rigurosamente
prohibidas, sin el permiso escrito de los titulares
del *copyright*, la reproducción o la transmisión total
o parcial de esta obra por cualquier procedimiento
mecánico o electrónico, incluyendo la reprografía
y el tratamiento informático, y la distribución
de ejemplares mediante alquiler o préstamo públicos.

Pueden utilizarse citas siempre que se mencione
su procedencia.

ISBN: 978-84-216-9579-1
D. legal: M-11061-2011

Printed in Spain

PAPEL DE FIBRA
CERTIFICADO

Elvira Menéndez

La autora

- Nació en Ferrol (A Coruña) el 26 de marzo de 1949.
- Estudió Arte Dramático en la Real Escuela Superior de Arte Dramático de Madrid.
- Simultanea el trabajo de actriz y escritora: publicidad, teatro, guiones de televisión, adaptaciones dramáticas, etc.
- Ha publicado en esta misma colección *MNA*, *Ése no es mi zoo* y *Olock-Lolo*, además de *Caos en el súper*, *Caos en la boda*, y *Caos en Carnaval* en colaboración con su marido, José María Álvarez. Y *La expedición perdida*, *El secreto de los alquimistas*, *Pablo y su elefante*, *El día que la clase voló* y *Tres y tres escrito al revés*, en otras colecciones.

altamar

Para ti...

Cuando tenía tu edad solía preguntarme cómo serían los muchachos del futuro... ¡Desde entonces han cambiado tantas cosas! Quién me iba a decir que podría ver mis películas favoritas sentada tranquilamente en el sofá de mi casa (hace cerca de treinta años esperaba una hora en la cola del cine para poder entrar).

Ahora sé que tú no eres tan diferente a los chavales de mis tiempos, porque la técnica, afortunadamente, no puede cambiarlo todo.

Para conseguir un mundo mejor y más justo sigue siendo necesario contar con la solidaridad, no solo con la ciencia.

Esto es lo que vengo a decirte en mi libro.

Confío en tu aportación porque tú eres mi «futuro».

A mis hijos.

1

Fiesta de cumpleaños

LOS niños del año 2090 no conocían la primavera; no porque en aquellos tiempos hubiese dejado de existir, sino porque una burbuja de plástico cubría las ciudades. Así las protegían del frío, del calor, del viento o de la nieve. ¡Era tan cómoda la vida en el año 2090!

* * *

El césped sintético del jardín que rodeaba la casa de Sara apenas se estremeció cuando tres aerocoches, de motores totalmente silenciosos, se posaron encima. La señal luminosa, que alertaba de que alguien había penetrado en el jardín, se encendió mientras tecleaba distraída en su ordenador. Llevaba un rato jugando a cambiar la luz ambiental; primeramente iluminó su casa de rojo incandescente, luego de azul metálico y más tarde de amarillo, hasta que cayó en la cuenta de que, pulsando dos o más teclas a la vez, podía conseguir una variedad infinita de tonos intermedios.

Dejó a un lado el juego y pulsó un botón para hacer transparentes las paredes de la casa y averiguar quién había llegado.

Al confirmar la identidad de los visitantes, se puso en pie y salió corriendo al jardín.

—¡Por fin habéis llegado! Ya creía que no os dejaban venir —le dijo al ocupante del primer aerocoche.

—Me costó mucho trabajo convencerlos. Hasta hace apenas media hora no me dieron permiso.

El que contestó era Pablo, un chaval larguirucho, de unos doce o trece años, aproximadamente la edad de Sara. Pelo rubiajo, ojos grises y unas cuantas pecas salteadas entre la nariz y las mejillas.

—¿Por qué se pondrán tan pesados con ese rollo de que no debemos visitar a los amigos en sus casas?

—Cosas de viejos... Apuesto a que ni ellos mismos lo saben. El caso es fastidiar... Mis padres no piensan en otra cosa.

—¡No digas tonterías, Pablo! —le interrumpió David, acercándose—. Tampoco nuestros padres van de visita. En la antigüedad había esa costumbre, pero desde que existen los videoteléfonos ya no es necesario.

—A mí me gusta —insistió Pablo—, y no veo qué tiene de malo reunirse con los amigos.

—Está mal visto, simplemente. En el pasado provocaba conflictos y guerras, y por eso, poco a poco, cayó en desuso.

—No deberías hacer caso de todo lo que cuentan —contestó burlón.

—Mira, Pablo, no quiero discutir. Contentémonos con que nos hayan dejado venir por ser el cumpleaños de Sara.

—Es verdad, lo olvidaba. ¡Felicidades, Sara!

Acercándose a la muchacha, le dio un par de sonoros besos. Ella se ruborizó de satisfacción.

—Feliz cumpleaños —dijo una voz dulce desde detrás.

Sara se volvió rápidamente. Sus ropas emitieron destellos nacarados. Había olvidado la presencia de Elena.

—No te había visto. ¡Hola!

—Como esos dos siempre aprovechan para discutir... Te he traído un regalo.

Le dio un minúsculo paquete envuelto en papel fluorescente, que Sara se apresuró a abrir.

—¡Es precioso! —exclamó colocándose en la muñeca una pulsera de piedras triangulares de color azul.

—Aprieta ese botón que hay junto al cierre.

Sara obedeció. Al instante, las piedras cambiaron de forma hasta volverse redondas.

—¡Qué original! —exclamó agradecida—. ¡Vamos a merendar! Lo haremos aquí, en el jardín; hay más sitio. Luego pasaremos dentro, si nos apetece. Mis padres no están.

Pablo contestó con su habitual sinceridad.

—Mejor, así no les tendremos que contar nuestras vidas.

—¡Pablo! –le regañó David.

—¿Vas a decir que es mentira? —aflautó la voz para imitar a una mujer—. «¿Es tu compañero de cole?». «¡Qué niño más guapo!». «A ver, poneos juntos para saber quién está más alto». «¿Dónde trabajan tus papás?». «¿Sacas buenas notas?».

Elena se desternillaba de risa. Sus ojos rasgados y negros parecían dos rayitas oblicuas. Al mirarla, Sara comprendió por qué su presencia en la Ciudad Burbuja Tres provocaba curiosidad y extrañeza a tanta gente. Sus ojos rasgados, su pelo oscuro y su delicadeza le hacían parecer oriental y aquella ciudad era solo para blancos. No porque —se decía oficialmente— hubiese discriminación racial, sino porque las razas vivían por separado. Había ciudades para blancos, negros, amarillos, etcétera. Todas con el mismo nivel de bienestar, pero sin comunicación física entre sí.

Saliendo de su meditación, atendió a sus amigos.

—Sentaos aquí. Tengo una sorpresa.

Apretó un botón y, al instante, salió de la casa un robot, portando en uno de sus brazos una exquisita tarta de cumpleaños. Se dirigió hacia ellos con la agilidad de un ser humano. Sus movimientos apenas recordaban el andar rítmico de los robots. Cuando llegó a su altura, apagó las trece velas eléctricas de la tarta y comenzó a cantar con voz monótona:

—¡Cumpleaños feliz, cumpleaños feliz...!

—Te deseamos todos, cumpleaños feliz —terminaron Elena, Pablo y David, cantando a coro.

Después de los aplausos, David se quedó embelesado mirando el robot.

—¡Es perfecto!

—Lo último del mercado. Apenas hace una semana que ha salido —contestó Sara mientras contemplaba, orgullosa, cómo el robot servía la tarta de proteínas vegetales con exquisita educación.

—¡Probadla!

No se hicieron de rogar, la tarta tenía un aspecto extraordinario. En cuanto se hubieron llevado el primer bocado a la boca, Sara apretó otro botón. Las caras de sus amigos se iluminaron de placer.

—¡Deliciosa! —exclamó Elena.

—¡Fantástica! —dijo Pablo.

—Jamás he probado, ni probaré, nada igual —puntualizó David.

Sara se atragantó de risa.

—Es un sintetizador de sabores. Su efecto dura aproximadamente media hora.

—Nos vamos a empachar.

—¡Qué va!, actúa solo sobre el cerebro, en realidad no engorda nada.

—¿No es la tarta lo que sabe así? —preguntó Pablo sin salir de su asombro.

—No, es el robot. La tarta no sabe a nada.

David no cabía en sí de admiración.

—¡Es fantástico! ¡Increíble!

Sara miró a su robot con orgullo mal disimulado.

—Pues todavía no lo has visto todo. Tiene infinidad de juegos nuevos en su programa y conversa como si se tratase de un ser humano y...

—Con un robot así no se aburre uno nunca —exclamó David, ofendido al ver que ninguno de sus amigos era capaz de apreciar debidamente aquella joya.

—Claro que no —se apresuró a contestar Sara.

Luego añadió en un arranque de sinceridad:

—Bueno..., a veces sí te aburres.

—No lo entiendo. Dices que puede incluso conversar. Su cociente intelectual debe de equivaler a cien.

—Ciento veinte y puede alcanzar ciento cuarenta con un uso adecuado.

—¿Entonces?

Sara se revolvió incómoda.

—Hay cosas que no puede hacer un robot...

—¿Cuáles? —insistió David.

—Dar besos —contestó poniéndose colorada mientras los demás se echaban a reír.

—Los besos no son necesarios, bip..., son contaminantes, bip..., pues transmiten toda clase de gérmenes —contestó el robot sin emoción.

—¡Genial! —exclamó David entusiasmado.

—¿Y tú qué sabes, circuito tuerto? —se revolvió Pablo sacándole la lengua.

En su opinión, la mejor cualidad de los robots era que se les podía insultar sin que se ofendieran lo más mínimo.

—El insulto, bip, bip..., es una facultad típicamente humana, bip. No estoy programado para contestar a ninguna impertinencia.

—¡Te prohíbo que intervengas en nuestra conversación! —le riñó Sara, mostrándose muy ofendida por su intromisión, sin percatarse de que aquella máquina no entendía de sentimientos.

—Orden computadorizada, bip. Nunca intervendré en conversaciones humanas sin ser invitado, bip.

—Muy bien, muchas gracias —respondió Sara, olvidando de nuevo que el agradecimiento no estaba en la programación del robot.

A instancias de David, se pusieron a jugar con él y comprobaron que era magnífico. Su inteligencia artificial era tan superior a la de ellos que les ganaba siempre. Después de una larga hora de juegos no dudaron en confesar que estaban aburridos de tanto perder y que guardaban cierto rencor a aquel trasto por su abrumadora superioridad.

—¡Es demasiado bueno! —suspiró Elena.

—Por eso me aburro a veces —se quejó Sara—, cualquier cosa que haga, él la hace mejor.

—Eso es rigurosamente cierto, bip, bip...

—¡Te he dicho que...!

—Dejad a esa chatarra en paz y juguemos a otra cosa —dijo Pablo mientras perseguía unos peces mecánicos que adornaban el estanque del jardín.

—Los vas a estropear. Tienes entretenimientos de crío pequeño.

—¿Tú crees, David? Pues es más o menos lo mismo que destruir monstruitos extraterrestres con el robot..., aunque... bien pensado, es igual de tonto —añadió apartándose del estanque—. ¿Se os ocurre otra cosa para pasar el rato? —miró a David significativamente—. Pero, por favor, nada de ordenadores ni cosas parecidas. Ya tenemos bastante con el colegio.

David le miró desconcertado. ¿A qué se podía jugar sin ordenadores? A nada. Eran seres civilizados, no salvajes... Pablo tenía demasiada imaginación. Hasta los profesores estaban preocupados por sus fantasías. Tal vez fuera un defecto pasajero que se corregiría al hacerse mayor. De todas formas se divertía a su lado. Era, junto con Sara y Elena, su mejor amigo, aunque por una razón u otra siempre acabaran discutiendo.

Ensimismado como estaba, David apenas se percató de que Sara había entrado en la casa, después de desconectar el robot. Al rato salió con un objeto de forma rectangular entre las manos y dijo en voz muy baja:

—Si me prometéis no decir nada, os lo enseñaré.

Todos se apresuraron a prometer, y Sara, lentamente, con mucho cuidado, desenvolvió el paquete.

—¿Qué es? —preguntó Elena, que nunca había visto nada parecido.

—Un libro. Un libro de aventuras muy antiguo.

—¿Un libro...? —exclamó horrorizado David—. ¡Seguro que está plagado de gérmenes!

Sara no le hizo caso.

—Debe de tener más de cien años. Es de mi abuelo. Lo he cogido sin que se entere para enseñároslo. Me contó que, antiguamente, la gente leía libros.

—No puedo creer que todo el mundo leyera libros —razonó Elena.

—Porque apenas si existían medios audiovisuales —le explicó David— y los que había eran muy deficientes. Afortunadamente ya no es necesario; las imágenes son más exactas.

—A mi abuelo se lo regaló su padre cuando tenía nuestra edad... Le gustaba, me lo dijo.

—Porque en aquellos tiempos se aburrían muchísimo —insistió David—. No estaban civilizados y el tiempo se les hacía muy largo.

—Eran gente verdaderamente antigua.

—¿Quién sabe? —replicó Pablo pensativo—. Puede que, al leer, uno se imagine las cosas de forma distinta que si las viera.

—¿Por qué no lo leemos? —propuso Sara.

—¿Estás loca? ¡Qué vergüenza! Está prohibido leer libros —contestó David airado.

—Nadie va a enterarse...

—¡Voto por leerlo! —exclamó Pablo con entusiasmo. Más que nada por la emoción de hacer algo prohibido.

—Nuestra profesora-robot dijo que excitan la imaginación y eso no es apropiado para concentrarse en cosas importantes —dijo David, asumiendo, insconscientemente, tono de robot.

—¡Es una cursi! —se burló Pablo.

—¡No es una cursi! —protestó David, terriblemente ofendido, pues estaba enamorado de ella en secreto—. ¡Son perjudiciales!

Elena intervino para apaciguar los ánimos.

—Quizá no sea bueno eso de leer libros. Tengo entendido que, incluso en el pasado, solo los leía una minoría.

A pesar de todo, Sara insistió:

—¿Es que no sentís curiosidad por saber lo que pone?

David lo pensó. Se puso colorado y confesó en un susurro:

—Claro...

—Pues leamos un trozo —se apresuró a proponer Sara—; si no nos gusta, con dejarlo...

Asintieron sin protestar. Los cuatro, David incluido, sentían un gran interés por desentrañar el significado de varias imágenes extrañas, repartidas entre las hojas, que ni siquiera eran fotos.

Penetraron en el interior de la vivienda circular y establecieron, por precaución, una barrera acústica para impedir que las ondas sonoras pudiesen ser captadas por extraños. Hecho esto, introdujeron con cuidado el libro en el ordenador, que comenzó la lectura a ritmo lento, probablemente a causa de la dificultad de reconocer aquellos signos pasados de moda.

«El vien-to arras-tró la bar-ca ha-cia los a-canti-la-dos...».

La voz del ordenador carecía de emoción y no satisfacía la impaciencia de los muchachos.

—No vale —reflexionó Sara en voz alta—. Tendremos que leerlo nosotros mismos.

—No estamos acostumbrados.

—Nos cansaremos.

—Somos cuatro, podemos leer por turnos.

Para dar ejemplo, Sara sacó el libro del ordenador y comenzó a leer con voz clara y profunda:

«El viento helado arrastró la barca hacia los acantilados, donde estuvieron a punto de perecer aplastados por las olas que batían con fuerza contra las rocas. El bote volcó y quedó destrozado por los envites, pero los niños, haciendo un esfuerzo sobrehumano, lograron apartarse de las rocas y alcanzar la playa a nado. Allí se dejaron caer, extenuados, sobre la arena...».

—¿Qué son olas?

—Si hubieras estado atento en clase, lo sabrías, Pablo. Son movimientos del mar. En la antigüedad hacían naufragar a los barcos.

—¡No todos somos tan empollones como tú, David! —contestó con rabia.

Luego añadió en son de disculpa:

—Me distraigo sin darme cuenta.

—Deberías hacer ejercicios contra la distracción. La profesora dice que es un defecto evitable en un ochenta por cien...

—No seas repelente, David —intervino Sara con sorna—. Si uno no pudiera evadirse en clase, sería insoportable. ¡Hay que aprender tantas cosas que no sirven para nada!

—Bueno —se disculpó David—. Se puede uno distraer un poco en clase de Geografía o de Arte, pero en las importantes hay que estar atento.

—Un día de estos te pondremos dos lucecitas en la frente y te nombraremos robot-profe —bromeó Sara, y reanudó la lectura a continuación.

«Al cabo de un rato, los niños se pusieron en pie y recorrieron la playa en busca de agua y alimentos para paliar el hambre y la sed que sentían. Los frutos silvestres y los cocos que encontraron fueron suficientes de momento».
«Después de descansar unas horas se encaramaron a una colina con la esperanza de divisar un lugar habitado al que dirigirse, pero, una vez arriba, compro-

baron horrorizados que habían naufragado en una isla desierta, perdida en el turbulento océano, a miles de millas de la civilización...».

Elena se estremeció.

—¡Qué horrible!

—¡Bah! —dijo David, impresionado a su pesar—. Ese libro debe tener más de cien años. En aquellos tiempos eran bastante salvajes y estaban acostumbrados a ese tipo de cosas.

—A mí me gustaría vivir una aventura así —exclamó Pablo, perdido en sus fantasías como de costumbre.

—No sé por qué dices esas tonterías —le riñó David—. Tienes un alto coeficiente intelectual. Lo sé porque la profesora nos leyó la lista de coeficientes el otro día. Si te dejaras de sueños irreales...

Una explosión de ira se asomó a las mejillas de Pablo. Abrió la boca para contestar, pero antes de que le diera tiempo, Sara se apresuró a reanudar la lectura.

«Los muchachos, conscientes de que tendrían que sobrevivir con sus propios medios, recorrieron la isla en todas las direcciones hasta toparse con un arroyo de agua clara, rodeado de árboles...».

—¿Qué son árboles? —preguntó Elena, fijando sus ojos en David.

—Unos palos marrones con hojas encima. Nunca os enteráis de nada.

Pablo aprovechó la ocasión para saldar la humillación anterior.

—¡Sí que nos enteramos! Pero ¿de qué sirve saber qué es un árbol si nunca vamos a verlo?

David se mostró conciliador, aunque no lograba entender qué era lo que irritaba a Pablo.

—Vamos a pedir imágenes al ordenador.

—No lo entiendes, quiero ver árboles de verdad. Estoy harto de proyecciones holográficas.

Se produjo un repentino silencio.

—No es posible —suspiró Elena—. Puede que ya ni siquiera existan.

—Claro que existen —afirmó David—. Fuera de la burbuja hay mar, campo, árboles..., como en la antigüedad.

Pablo elevó la vista hasta la cúpula traslúcida.

—Estamos encerrados —murmuró en voz baja.

De nuevo se quedaron en silencio. Sara levantó la mirada del libro y contempló los rostros pensativos de sus amigos: parecían melancólicos. Era extraño el efecto que la lectura producía en ellos. A su pesar recordó la prohibición. En un principio le había parecido absurda, pero ahora... Tenía que reconocer que leer era... inquietante, cuando menos.

—Si queréis, lo dejamos...

—Una vez que has empezado no querrás dejarnos a medias —dijo David, mostrando más interés del que ella hubiera sospechado jamás.

«Los ocho náufragos trabajaron durante semanas en la construcción de una cabaña que les protegiese del sol y de la lluvia. Los primeros días comían lo que encontraban: moluscos, frutos silvestres o cualquier otra cosa que tuviesen a mano, pero una vez resuelto el problema del alojamiento, se preocuparon de pescar, recoger fruta y tubérculos comestibles. No tenían fuego, pero habían oído decir que se podía hacer golpeando dos piedras. Sin embargo, tardaron muchos días en conseguirlo, pues fue difícil dar con las piedras adecuadas, pero al fin, después de varias semanas, tenían una fogata, de la que guardaban rescoldos para disponer siempre de lumbre. Así comenzaron a cocinar y a ahumar el pescado para conservarlo y unos meses después disponían de comida almacenada suficiente para no tener que preocuparse de la manutención diaria...».

—Nosotros somos muchísimo más cultos que esos chavales del siglo pasado, pero si nos abandonaran en una isla desierta no sobreviviríamos —murmuró Pablo pensativo.

No obtuvo respuesta. Era algo tan hipotético...

«Por primera vez en varios meses, desde su llegada a la isla, disponían de tiempo libre. Lo celebraron organizando una batalla de piratas. Construyeron dos balsas y se divirtieron de lo lindo lanzando bolas de barro al contrario; hasta que uno de los bandos reconoció la derrota, después del naufragio de su "buque pirata"».

—¡Qué divertido! —exclamó Elena; luego, añadió para justificarse—: Yo creía que los niños antiguos se aburrían porque no tenían con qué jugar.

—Parece que se divertían más que nosotros —contestó Pablo, mirando a David con sorna.

—Si todo eso fuera divertido, hubiéramos continuado haciéndolo —sentenció David.

Algunos hicieron un gesto de incredulidad.

—Quizá tengas razón, David, pero me gustaría averiguarlo.

—La vida es desagradable fuera de la burbuja.

—¿Y por qué no nos dejan comprobarlo por nosotros mismos?

David se revolvía inquieto. Tantas insensateces le sacaban de quicio.

—El ambiente exterior no está acondicionado a la temperatura ideal de la que debe disfrutar el cuerpo humano. Hace frío, calor...

Sara, que hasta ese momento había escuchado en silencio, intervino con ardor.

—¡Bah! Durante miles y miles de años la humanidad no disfrutó de la «temperatura ideal» y no pasó nada.

David se estremeció.

—¡Tenía que ser terrible!

—¡Quiero salir! —afirmó Pablo, absolutamente decidido.

—Yo también —se sumó Sara.

—A mí me gustaría —dijo Elena tímidamente.

David se quedó estupefacto.

—¡Estáis locos, rematadamente locos! ¿Sabéis que fuera no funcionan los aerocoches?

—¿No funcionan?

—No. En el exterior ni siquiera se levantarían del suelo. Habría que usar combustibles contaminantes.

—Todavía tenemos piernas.

—¿Andando...? Nadie va andando en estos tiempos. Esa es otra costumbre en desuso. No me extrañaría que estuviese prohibido, como rascarse.

—Seguro que estás en lo cierto —había cierta sorna en la voz de Pablo—. Debe de estar, incluso, más prohibido que leer cuentos.

David miró los rostros expectantes de sus amigos. No podía creer que hablaran en serio.

—Déjate de tonterías, tienes tanta curiosidad como nosotros —le dijo Sara con un mohín de burla.

Incluso las pecas de su cara enrojecieron.

—Tengo curiosidad, sí, pero curiosidad científica —puntualizó.

Sara se puso en pie. Dio un par de vueltas a la estancia, sin salirse de la alfombra de agua, y se encaminó decidida a la terminal de ordenador.

—Vamos a elaborar un plan para salir.

Emanaba una energía arrolladora. Cualquier proyecto que el grupo quisiera llevar a cabo bastaba encargárselo a Sara para que llegara a buen término.

—Nunca he sabido dónde está situada nuestra ciudad burbuja —murmuró Pablo pensativo—. ¿Alguno sabe en qué lugar de la Tierra nos encontramos?

—No recuerdo que nos lo hayan enseñado en el colegio —contestó David intrigado—. No me explico por qué... Puede que no tenga importancia.

—¿Que no tiene importancia saber dónde estamos?

—A la mayoría de la gente no le importa...

Pablo vaciló un instante antes de decir en voz alta lo que se le estaba pasando por la cabeza...

—¿Y si no estuviésemos en la Tierra?

Todos se revolvieron incómodos en el asiento. Sara clavó los talones en la alfombra de agua y David se rascó la oreja con aprensión.

—Eso es una tontería, Pablo.

—A mí no me parece una tontería, David —dijo Elena.

Como impulsada por un resorte, Sara comenzó a teclear en el ordenador a toda velocidad. La respuesta tardó solo unos instantes.

«Estaciones espaciales: población media: cien individuos; población máxima: doscientos».

Hubo un suspiro general de alivio. La burbuja era demasiado grande para tratarse de una colonia espacial.

—Ahora sabemos seguro que estamos en la Tierra. Hay que buscar la forma de salir sin que salten las alarmas.

—Eso no es ningún problema —sugirió Pablo—. David es un artista con los ordenadores.

—Aun en el caso de que lo consiguiera... yo...

Pablo se puso en pie y, acercándose por detrás, le dio una palmada de ánimo en la espalda.

—Lo conseguirás.

—Incluso así, no está resuelto el problema principal, no podemos abandonar la burbuja durante horas sin que nadie nos eche en falta.

Lo dijo con la esperanza de que sus amigos comprendieran que la broma estaba llegando demasiado lejos.

—Podríamos salir después del colegio —sugirió Elena.

—Se darían cuenta nuestros padres.

Pablo se dejó caer, desalentado, en el sillón, que se desinfló hasta adaptarse perfectamente al contorno de su cuerpo.

—¡Nunca nos dejarán!

—Yo no los critico por ello —explicó David—. Durante tres generaciones nadie ha abandonado la burbuja. Andar..., no tener la temperatura adecuada... Todo eso es para salvajes...

El convencimiento de que David estaba en lo cierto les hizo enmudecer unos instantes. Por fin, Sara dijo:

—El problema que tenemos que resolver es salir sin que nuestros padres se enteren.

—¿Cómo?

—No sé... Buscando la forma de que se entretengan.

—Imposible —se quejó Pablo—. Los adultos son incapaces de entretenerse media hora seguida. No se concentran.

—Hay que inventar algo que nosotros podamos conectar y desconectar a voluntad, para que no se percaten de nuestra ausencia.

—¿Una máquina para entretener a los padres, quieres decir? —bromeó David.

Su propuesta cayó como una bomba. Todos lo miraron sorprendidos.

—¡Exacto!

—¡Hurra!

—¡Eso es!

David se quedó estupefacto. Al cabo de un instante añadió con sorna:

—¿Y quién será capaz de inventar semejante joya?

—Se han inventado cosas más difíciles —exclamó Pablo algo picado—, el botijo, por ejemplo, aunque hace siglos que nadie lo sabe usar.

David los miró atónito y unos segundos después su pelo color zanahoria comenzó a temblar rítmicamente. Se estaba riendo.

—¡No me digáis que os habéis creído semejante tontería! ¡Una máquina para entretener a los padres! ¡Me voy a morir de risa!

—Sería estupendo —la voz de Elena sonó a reproche.

Sara, nerviosa, apretó el mando de su cinturón y la cúpula de la sala se convirtió en un minúsculo planetario. Sus amigos lo contemplaban asombrados mientras ella se soplaba el flequillo con rabia. La convicción de que su idea era irrealizable la sacaba de quicio.

—No hay nada imposible —murmuró en voz baja.

Los haces de estrellas se reflejaban en su rostro y le daban un aspecto fantasmal.

—Lo importante es elaborar un plan y buscar la forma de ponerlo en marcha.

Contrariada, apretó otro botón y las estrellas de la cúpula se eclipsaron ante las protestas de sus amigos. Sin hacerles caso, se acercó al ordenador y tecleó con energía. La respuesta no debió de ser satisfactoria porque insistió una y otra vez, lanzando gruñidos de descontento, mientras los otros la contemplaban atónitos. Al fin, se levantó y, lanzando un suspiro de satisfacción que hizo revolotear su flequillo, dijo:

—¡Eureka! ¡Ya lo tengo!

Los demás la miraban boquiabiertos.

—Hay un lugar en esta ciudad —explicó con calma— donde a uno le pueden inventar lo que desea. Es el Palacio de los Inventos Totales. ¡Vamos allí ahora mismo!

Nadie puso objeciones. Sara, según su padre, tenía la cualidad de ser obedecida.

2

Una máquina para entretener a los padres

MINUTOS después, los aerocoches de los cuatro muchachos surcaban el cielo de la ciudad-burbuja. Iban tan entusiasmados con la idea de poner en marcha tan magnífico plan que subían y bajaban sin cesar, provocando el enfado de los demás conductores, que les advertían con sus rayos luminosos de que fueran más prudentes. Poco después se posaban en el aparcamiento del Palacio de los Inventos Totales, un inmenso edificio de plástico rojo y cristal.

Tuvieron que esperar un rato antes de que el robot-portero les permitiese la entrada. Pero después de gruñir un poco y poner dificultades —para eso estaba programado, como todos los porteros— les dejó pasar. Siguiendo sus instrucciones echaron a andar por un largo pasillo automático, iluminado por la luz rojiza que se filtraba a través de las paredes polimerizadas.

—No hay nadie —susurró Elena desconcertada.

Efectivamente, largos y anchos espacios, libres y vacíos, se abrían ante ellos. Atravesaron una sala tras otra, llenas de pantallas, ordenadores y extraños aparatos, sin ver un solo ser humano. Un secreto temor les invadió, haciéndoles temblar las piernas.

—¡Vámonos de aquí! —susurró David, impresionado, a su pesar, por el alto edificio cuyo techo parecía juntarse con la cúpula de la ciudad.

Su rostro, de tez muy clara, adquiría con facilidad el tono ambiental y al mirar hacia arriba quedó teñido de rojo.

—No seas miedica —se burló Sara—. Si alguien te ve por estos pasillos, creerá que eres un ser intergaláctico y saldrá corriendo.

—No es miedo, es prudencia. No me gusta este lugar.

—Pensé que te encantaría —dijo Pablo señalando las terminales de ordenador que se amontonaban por todas partes.

En ese instante oyeron un ligero carraspeo. Todos se apretujaron un poco más. Atravesaron la habitación formando una piña y allí, en un rincón, entre inmensas pantallas, descubrieron a un viejecito vestido de forma muy rara. Parecía muy entretenido dibujando pajaritos. Le contemplaron en silencio hasta que el anciano, al levantar la cabeza, los descubrió.

—¿Quiénes sois vosotros? —preguntó escondiendo sus monigotes.

—Me llamo Sara —dijo esta, poniéndose la primera.

—Yo, Pablo.

—Mi nombre es David.

—El mío, Elena.

—Y el mío, Bonifacio. ¿Cómo os han permitido entrar? ¿Venís a hacer un trabajo para la escuela?

—No...

Sara no se atrevió a decir más.

—Si no os han mandado del colegio, no me explico qué hacéis aquí... Yo a vuestra edad no visitaba sitios tan aburridos..., a menos que me obligasen.

—¿Es usted quien manda aquí? —preguntó David mirando a su alrededor con admiración y temor, pues la gente rara siempre le había parecido peligrosa y aquel ancianito era raro, muy raro.

—Más o menos...

—Estas computadoras tienen por lo menos un coeficiente intelectual de doscientos —dijo, mirando las pantallas.

—Trescientos... Pero si quieres que te diga la verdad, en el fondo son bastante tontas. Son incapaces de reírse. Ji, ji, ji...

—¿Reírse? —David estaba desconcertado. El hombre más sabio de la ciudad no decía más que incongruencias—. ¿Y por qué no les programa usted unas cosquillas?

El anciano no se molestó en contestarle.

—Los niños de hoy sois una calamidad... ¿Para qué habéis venido?

Los chavales se miraron en silencio. No era fácil decir lo que habían ido a buscar.

—Es para... jugar —dijo Sara yéndose por los cerros de Úbeda.

—Pues no creo que os dejen jugar aquí, esta gente es muy seria, pero hay un Salón de Juegos Felices al final de la pista automática 6/438 B.

—Los salones de los Juegos Felices son muy aburridos —exclamó Pablo.

—Sí, claro, ahora que lo decís... Así que queréis algo para jugar. ¿Qué os parece un canario? Canta igual que si fuera auténtico, solo que en vez de darle comida se le cambian las pilas, ¡y no se hace caquita!

—No nos gusta esa clase de juguetes. Ya no somos pequeños y, en cualquier caso, nunca nos han gustado —contestó Pablo muy digno.

Quizá fuera solo una impresión, pero desde aquel instante el anciano comenzó a mirarlos con más simpatía.

—¡Vaya, vaya! Sois más listos de lo que yo suponía; pero si no queréis aerocoches de juguete, muñecos humanoides, canarios que cantan, o algo por el estilo, ¿a qué habéis venido? Solo soy un inventor... y los inventores solemos ser peligrosos —dijo ahuecando la voz hasta terminar en un gruñido.

Los chavales agradecieron la broma. Se echaron a reír y se fueron acercando poco a poco. Contemplaban con curiosidad sus ropas de color oscuro. Todo el mundo poseía un traje inmaculadamente blanco que solo se cambiaba en función del crecimiento, pues tenía tratamiento antidesgaste y antisuciedad. Pensaban que sus ropas diferentes se debían a la dignidad del cargo, pero, al verlas de cerca, comprendieron que, simplemente, eran viejas.

El anciano, sabiéndose observado, esperó pacientemente a que los muchachos terminasen con la investigación de su persona.

Roto el hielo, Elena fue la primera en atreverse a preguntar:

—¿Qué es eso que lleva en la mano? —dijo señalando el lápiz con el que había dibujado los monigotes.

—Un lápiz. ¿Nunca has visto uno? Cógelo sin miedo, ha pasado por la sala de saneamiento.

—No, nunca lo había visto.

—¿Con qué dibujáis en el colegio?

—No dibujamos.

—¿No dibujáis...?

—La profesora electrónica dice que no hay que perder el tiempo en cosas que no sirven para nada.

—Pero escribiréis, al menos...

—No hace falta, aunque sabemos hacerlo. Programamos el ordenador del pupitre para que escriba lo que le mandemos sin necesidad de esfuerzo —explicó David con satisfacción.

—A mí me gustaría dibujar pajaritos, aunque no sirva para nada —dijo Elena, posando sus ojos rasgados en el lápiz que el anciano sostenía entre las manos.

—Sí lo que queréis es mi lápiz, lo siento mucho, es el único que poseo —contestó tratando de meterlo rápidamente en el bolsillo de su extravagante vestimenta—, le tengo mucho cariño y no os lo daré.

Con las prisas, el lápiz resbaló entre sus ropas y rodó por el suelo. El anciano, contrariado, se puso a cuatro patas y se metió a buscarlo debajo de la mesa mientras refunfuñaba.

—¿Veis lo que ha pasado por vuestra culpa? Ya no tengo años ni agilidad para estas cosas. ¡Programaré al portero para que no deje entrar a ningún mocoso, nunca más...!

Pablo descubrió el lápiz bajo la mesa y se agachó a recogerlo.

—No se enfade, señor abuelo. Aquí está. No hemos venido a quitarle su lápiz, solo queremos que nos invente una cosa. El ordenador central nos ha dado esta dirección...

El anciano, complacido de oírse llamar abuelo, asomó la cabeza sonriente.

—Tratadme de tú.

A pesar de poseer el rostro más arrugado que jamás habían visto, tenía algo enternecedor e inocente que despertaba simpatía.

—¿Qué cosa queréis que invente? —preguntó mientras salía de debajo de la mesa y se sentaba en el suelo, con las piernas cruzadas.

—Una máquina —respondieron los chavales imitándole.

—¿Una máquina? ¿Para qué?

—Una máquina para entretener a los padres —se atrevió a decir Sara de un tirón— y que no molesten.

—¡Una máquina para entretener a los padres! ¿Cómo os atrevéis a proponerme una cosa así?

—El ordenador... —balbuceó Sara— dice que aquí se inventa todo lo que uno pida...

El anciano se puso en pie y comenzó a dar vueltas, gruñendo sin cesar, mientras se palpaba la ropa. Los niños le contemplaban en silencio, un tanto desconcertados, hasta que Pablo dijo, señalando su bolsillo izquierdo:

—¿Está ahí lo que buscas?

Bonifacio metió la mano en el abultado bolsillo, sacó una prenda redonda con un pequeño apéndice en el centro y se la puso en la cabeza refunfuñando.

—Se me queda fría si no me la abrigo.

—¿Qué es? —preguntó David intrigado.

—¿Esto? —dijo el anciano agarrando la prenda por el apéndice.

—Sí.

—Una boina.

—¿Boina?

—Una boina es un gorro para la cabeza. Me la regaló mi abuelo cuando yo era como vosotros. También está desinfectada.

—¿De qué material está hecha?

—De lana, una materia casi prehistórica.

—¿Lana?

—Lana..., el pelo de las ovejas. ¿Tampoco sabéis lo que son ovejas? —dijo al ver sus caras interrogantes—. ¿Qué os enseñan en el colegio? Desde luego, los niños de hoy sois unos ignorantes... —al tropezarse con aquellos cuatro pares de ojos que le contemplaban expectantes, se enterneció y continuó conciliador—. Son animales de cuatro patas..., les crece un pelo que... —los chavales no parecían entenderlo—. Bueno, lo mejor es que vayáis al campo a verlas. No hay nada mejor que ver y tocar.

Todos agacharon la cabeza en silencio.

—Nunca hemos estado en el campo —respondieron a la vez.

El anciano abrió la boca hasta parecer un tragabolas. No podía creer lo que oía.

—Es imperdonable. Decidles a vuestros padres que os lleven cuanto antes. A mí me gustaba mucho cuando era pequeño. Iba con mi padre muy a menudo. Él pensaba y yo me entretenía cazando grillos —mientras hablaba entornó los ojos y se quedó como ausente—. ¡Era emocionante! Hacía pis en los agujeros y los grillos salían corriendo, ji, ji, ji...

Estaba tan ensimismado en sus recuerdos que los niños no se atrevieron a preguntar qué eran los grillos. ¡Hablaba de cosas tan raras! Desde luego era muy viejo. Ni sus abuelos tenían la cara tan arrugada ni decían cosas tan extrañas.

—Nuestros padres tampoco han estado nunca en el campo —dijo Elena con su dulce voz—. No se atreverían a llevarnos y, aunque se atrevieran, seguro que está prohibido.

—¡Bah! ¡Tonterías! Hubo un tiempo en que sí... La atmósfera estaba tan contaminada que fue preciso cubrir las ciudades con burbujas de plástico para evitar males mayores. A mí no terminó de gustarme, pero no había otra solución mejor... —suspiró con melancolía antes de continuar—. He vivido muchos años, demasiados... El problema es que uno se va quedando solo. Me enfrasqué en el trabajo y he estado tan ocupado que no he vuelto a salir... Pero os aseguro —recalcó con energía— que el aire exterior es puro y sano desde hace más de ochenta años. No puedo imaginarme que nadie haya abandonado la burbuja desde entonces. ¿Estáis seguros?

—No conocemos a nadie que lo haya hecho.

Suspiró cansado mientras decía:

—¡El hombre es un animal estúpido!

—¿Cómo puede decir eso? —saltó David—. Tan solo en los últimos cien años hemos alcanzado un grado de civilización...

—Me temo —continuó el anciano sin prestarle atención— que llevo demasiado tiempo encerrado en este palacio, inventando tonterías, sin enterarme de lo que pasa a mi alrededor. ¡Maldita sea! —exclamó enfurecido consigo mismo—. No valgo más que uno de esos robots estúpidos que me rodean, puesto que hago lo mismo que ellos: obedecer instrucciones. Y aún creo que salgo perjudicado con la comparación —añadió dando una patada a la primera máquina que se le cruzó en el camino.

—¡Ay! —exclamó cojeando.

Sus pies estaban calzados con unos zapatos blandos y habían recibido toda la fuerza del impacto. Arrepentido, se acercó a la máquina y la acarició burlón.

—No nos distinguimos en nada, amiga —le dijo con ironía a la máquina—, a ninguno de los dos nos afecta lo que sucede en el exterior de este palacio.

Los chavales le miraron boquiabiertos. ¿De qué se lamentaba? Era el inventor más brillante de la ciudad. Cualquier ciudadano lo envidiaría por vivir en aquel magnífico palacio para él solo.

—Así que queréis una máquina para entretener a los padres, con el objeto de salir de la burbuja, ¿verdad? —preguntó, volviendo de pronto al asunto que les interesaba.

Su mirada era escrutadora. Aquel anciano, dulce y complaciente, poseía, sin embargo, un prodigioso poder de penetración. Los niños asintieron con la cabeza y él sonrió complacido.

—¿Puede saberse, pequeños diablillos, cómo se os ha ocurrido esa idea?

Dudaron antes de contestar.

—Si prometes no contárselo a nadie, te lo diremos —respondió Elena posando sus húmedos ojos negros en el rostro arrugado del anciano.

Sonrió conmovido por su inocencia, le acarició el cabello y levantó la mano izquierda mientras posaba la derecha sobre su corazón.

—Lo prometo..., y cumpliré mi promesa porque habéis venido a alegrar mi vida.

Su voz sonó tan sincera que Sara se apresuró a contárselo.

—Leímos en un libro de mi abuelo la historia de unos niños que naufragan y se ven obligados a vivir en una isla desierta...

—¡Vaya cosas más divertidas que hacían! —interrumpió Pablo.

—Tenemos curiosidad científica —puntualizó David—, pero no podemos conseguir permiso de nuestros padres.

—¿Se lo habéis pedido?

—Ni lo hemos intentado...

—¡Vaya tontería! ¿Por qué? —luego añadió—: A propósito..., ¿me prestáis ese cuento? Mi dulce mamá me los leía por las noches.

Los niños dudaron. El libro era una prueba que podía perjudicar al abuelo de Sara por haberlo guardado sin permiso durante tantos años.

—Me gustaría mucho leerlo —suplicó con humildad—. Hace muchos años que no he visto ninguno. ¡Pensar que cuando era pequeño no me gustaba

leer! Solo me gustaban unas historias visuales que se llamaban películas y mi mamá me reñía por ver tantas. En aquellos tiempos estaba mal visto no leer libros.

—¡Qué incultos! —exclamó David con desprecio.

—Mi madre me obligaba a leer antes de dormir —prosiguió el anciano, melancólico—; con el tiempo terminó gustándome... ¡Devoraba todo cuanto caía en mis manos! No seáis incrédulos, a vuestra edad me pasaba horas y horas leyendo.

—¿No te reñían por perder el tiempo? —preguntó David.

—No. Fue más adelante cuando el leer empezó a estar mal visto... Tardé mucho tiempo en desacostumbrarme —confesó sonrojándose.

—Te lo traeremos el próximo día —contestó Sara, sintiendo un secreto orgullo por poseer algo que deseaba con tanto ahínco el hombre más sabio de la ciudad.

—¡Gracias! —respondió conmovido.

Hizo ademán de acercarse, quizá para darles una palmada cariñosa, pero no se atrevió.

—A cambio inventaré para vosotros lo que habéis venido a pedir: una máquina para entretener a los padres. Está haciendo mucha falta... Os avisaré cuando esté terminada. Mientras tanto, no habléis a nadie de este asunto. ¡Adiós!

Hizo un guiño y volvió a enfrascarse en su trabajo, como si allí no hubiera nadie más. Los niños, dando media vuelta, se dirigieron a la salida.

3

¡Eureka, ya lo tengo!

UN mes más tarde, cuando ya casi habían olvidado el asunto, Bonifacio, el anciano inventor del Palacio de los Inventos Totales, los llamó.

Los recibió en la puerta bailoteando a saltitos y silbando una antigua canción. Su alegría era tan desbordante que los muchachos no pudieron dejar de pensar, pese a la simpatía que sentían por él, si no estaría un poco loco.

—Seguidme —dijo guiñando un ojo con picardía, al tiempo que saltaba y daba un taconazo en el aire con ambos pies.

Introdujo su tarjeta con el código identificador en una puerta que había a la derecha del vestíbulo y esta se abrió. Pasaron por un largo pasillo en dirección contraria al recorrido que habían hecho durante su visita anterior y desembocaron ante una puerta de aspecto muy antiguo. Con una risita, el anciano sacó del bolsillo un aparatito que no abultaba más que un dedo y lo introdujo por una estrecha ranura que había en la puerta, para abrirla con un suave movimiento.

—Esta es mi casa, pasad. Aún conservo la vieja cerradura. Soy un nostálgico empedernido.

Los cuatro muchachos temblaron de emoción. Habían visitado pocos hogares, pero todos eran más o menos parecidos. Sin embargo, este prometía ser diferente a todos los que habían visto. Al traspasar la puerta se encontraron ante una habitación de paredes opacas y espesas, pintadas de blanco y salpicadas, de cuando en cuando, por unas formas rectangulares que parecían adornos. Alrededor de la sala había varias puertas, y en el centro, una mesa redonda, rodeada de cinco sillas destartaladas, propias de un museo. Sobre la mesa humeaban cinco tazas llenas de un líquido de color marrón oscuro.

—Este es mi refugio secreto. No debéis contarle a nadie que habéis estado aquí. Me gusta esto... Tengo una casa como la vuestra, pero no la uso.

Abrió una de las puertas laterales y pudieron ver una habitación atestada de trastos viejos e inservibles.

—Ese caballito con balancín me lo compró mi padre cuando cumplí cuatro años —dijo señalando un objeto que estaba en primer lugar.

Los chavales pensaban en lo difícil que era ocultar una casa como aquella, aunque cabía la posibilidad de que formara parte de un museo al que el anciano tuviese acceso en secreto. Les parecía desagradable, pero se guardaron de decírselo, porque les había hecho un gran honor mostrándosela y temían contrariarle.

—Sentaos, os he preparado la merienda —dijo mientras entraba en una habitación de la que salió en seguida con una bandeja llena de unos palitos alargados y estriados que no olían del todo mal—. Cuando era pequeño y llevaba amigos a casa a merendar, mi mamá nos ponía esto.

Los niños clavaron sus ojos en aquel líquido espeso y oscuro que llenaba las tazas, buscando la forma de salir del apuro sin ofenderle.

—Tiene el mismo color de tus ojos, Sara —bromeó Pablo por decir algo.

Sara le devolvió una mirada asesina y los demás rieron sin ganas. Aquel mejunje tenía un aspecto repugnante y ninguno quería ser el primero en probarlo.

—Bebed —insistió el anciano, dando un sorbo y relamiéndose a continuación. Logró limpiarse el bigote con una hábil pasada de la lengua, pero entre los dientes quedaron restos de aquel brebaje negruzco.

Los chavales palidecieron de repulsión.

—¿Qué es? —preguntó David con un hilo de voz.

—Chocolate —contestó sonriendo de oreja a oreja—. ¿A qué esperáis?... No seáis tímidos. Se nota que os morís de ganas.

Sara echó una mirada a sus amigos y armándose de valor se llevó la taza a los labios. Los mojó levemente y saboreó con aprensión.

Los tres esperaron su veredicto conteniendo la respiración.

—¡Está rico! —exclamó sin salir de su asombro.

—Claro que sí. A todos los niños les gusta el chocolate. Bueno, a los de mi época les gustaba, los de ahora sois tan raros...

Los otros se animaron a imitar a Sara.

—¡Es cierto! —dijo Pablo.

—¡Nunca había probado nada así! —exclamó Elena.

—¿De qué está hecho? —preguntó David, curioso, como siempre.

Al comprobar el éxito de su bebida, los ojos del anciano se humedecieron de satisfacción.

—Ahora te escribo la fórmula —sacó lápiz y papel, y comenzó a escribir—. ¿Todavía no lo habéis probado con churros? ¡Con churros está delicioso! ¿A qué esperáis? Haced lo que yo.

Alargó la mano hasta la bandeja de los palitos que estaba en el centro de la mesa para coger uno. Al verse con el lápiz y el churro en la mano, quiso guardar aquel, pero, con su despiste habitual, metió el churro en el bolsillo y el lápiz en la taza de chocolate.

—No tenemos lápiz para mojar —protestó Elena.

—¿Lápiz? ¿Para qué queréis un lápiz? El chocolate se come con churros.

Y sin pensarlo más, le propinó un buen mordisco al lápiz bañado en chocolate.

—Ay, ay, ay —se lamentó dando saltitos por la habitación.

Sus jóvenes amigos corrieron a ayudarle.

—Se me han caído tres dientes y una muela —dijo escupiendo cuatro piezas postizas—. Luego me los atornillaré de nuevo —y se las guardó en el bolsillo.

Después de este lamentable accidente, aclarado que eran los churros lo que debían mojar en el chocolate, los cuatro muchachos acabaron con todo lo que había en la mesa.

—Estaba buenísimo —dijo Pablo tocándose la barriga—. Lástima que no haya más.

El anciano no cabía en sí de satisfacción.

—Me alegro de que os guste. Tomad la fórmula. Así podréis programar vuestros robots para que os fabriquen chocolate. Tuve que inventarla de nuevo, buscando aquí y allá. No fue fácil, parece que a todo el mundo se le había olvidado.

—Sabe... sabe distinto a todo lo que he tomado antes —añadió David dando su aprobación, mientras apuraba la última gota.

—¿Por qué han de desaparecer cosas que son útiles, que no estorban al progreso...? Echo de menos el abanico, el botijo, el palo dulce y las pipas... ¡Ah, las pipas!

Los chavales, incapaces de mostrarse dolidos por la desaparición de cosas que nunca habían conocido, guardaron un respetuoso silencio, hasta que David dijo a modo de consuelo:

—A cambio de eso, la humanidad es hoy mucho más feliz. Vivimos infinitamente mejor que los hombres del siglo pasado.

El anciano suspiró y su gesto se tornó melancólico. Por fin, dijo:

—Bueno, vamos al asunto por el que os he mandado llamar.

La excitación se asomó al rostro de los cuatro chicos.

—¿Has conseguido inventar una máquina para entretener a los padres? —preguntó Sara con ansiedad.

—Sí.

—¿De verdad? —Pablo no acababa de creerlo.

—¿Qué es? —preguntó David.

—Una televisión —dijo el anciano misteriosamente, como si acabara de revelar un gran secreto.

—¿Una televisión...? —exclamaron los cuatro sin poder salir de su asombro—. Hace siglos que está inventada —añadieron con desprecio.

—No, os equivocáis. No es una televisión vulgar. Es algo más ingenioso. Muy simple, pero ingenioso. No sé cómo no se me había ocurrido antes. Este nuevo cacharro que acabo de inventar va conectado al pensamiento. Cada uno verá lo que desee ver.

—No lo entiendo —dijo David.

—Es muy sencillo. Si tú quieres ver una película, verás una película, pero, al mismo tiempo, si el que está a tu derecha desea ver dibujos animados, verá dibujos animados, y el que está a tu izquierda contemplará un espacio científico, si es eso lo que le apetece.

—¿En el mismo televisor?

—Naturalmente. Es un aparato que se conecta con el pensamiento. Basta desearlo para que cambie de programa.

—¡Fantástico! —exclamaron los cuatro.

—Ingenioso, nada más. Aprovechando un invento antiguo he logrado una máquina maravillosa; con ella nadie será capaz de aburrirse.

—¡Nosotros también queremos una! —prorrumpieron los chavales alborozados.

—¡No, no y no! —gritó el inventor alarmado—. ¿Es que no os dais cuenta de que esa máquina no solo entretendrá a los padres, sino a todo aquel que se siente delante? Los niños no debéis mirarla jamás o mi esfuerzo habrá sido inútil —la cara del anciano estaba roja de ira—. ¡Jurad! ¡Jurad que nunca la contemplaréis! —insistió enfurecido.

Los niños, asustados, juraron uno a uno no tumbarse jamás delante de aquella máquina tan fascinante que absorbía los pensamientos.

—Necesitaremos cuatro aparatos al menos —susurró Elena, preocupada por el repentino arranque de mal humor del anciano—. Uno para cada casa.

—Por supuesto. No tenéis que preocuparos por eso —contestó Bonifacio guiñándole un ojo. De nuevo volvía a ser el de siempre—. Está todo previsto. Mañana mismo informaré de este nuevo invento y, dentro de pocas semanas, se habrán fabricado millones de televisores maravillosos. En breve, todos los habitantes de este planeta tendrán uno en su hogar.

—Estupendo. Así nadie nos relacionará a nosotros directamente con ellos —dijo Pablo.

—Así es. Pero tened muy en cuenta que no debéis tumbaros ante ninguna máquina de esas —advirtió de nuevo.

—No te preocupes —contestó Sara, asumiendo la voz del grupo—. Gracias por tu ayuda. Toma —dijo sacando el libro amarillento de su bolsillo trasero—. Este es el cuento del que te hablamos el otro día. Es para ti para siempre. Mi abuelo dijo que me lo daría cuando fuera mayor. Será mío de todas formas y, como no va a notar su falta, te lo regalo.

El anciano lo manoseó con emoción. Le temblaban las manos y, desde muy cerca, podía verse cómo se le humedecían los ojos.

—No puedo consentirlo —dijo mirándolo amorosamente—. Tú no sabes exactamente lo que vale. Deben de quedar muy pocos libros en el mundo, este cuento es un ejemplar único...

—Tú le das más valor que nosotros. Quédatelo. Es tu pasado, tu infancia.

—No, no merece la pena. Soy demasiado viejo. Prefiero que me lo prestéis... Con los años sabréis apreciar su valor... También será vuestra infancia.

—Nuestra infancia serás tú —contestó Elena conmovida.

—Queríamos agradecerte tu ayuda —insistió Sara.

—No es preciso que sea con algo tan valioso...

—¿Qué otra cosa te gustaría?

—Nunca tuve hijos... Hace muchísimos años que nadie me ha dado un beso —sus mejillas enrojecieron—. ¡Bah! Estoy diciendo tonterías. Ya soy demasiado viejo para esas cosas... Perdonadme... A nadie le gusta besar a los viejos. Lo encuentro natural.

Sara contempló sus mejillas resecas con prevención. ¡Era realmente muy viejo! No es que le pareciera repugnante, no, pero un beso no es algo que se le dé a cualquiera. Ni siquiera besaba a sus padres más que en las ocasiones importantes. Ya se había hecho mayor. De pronto tuvo la sensación de que el anciano adivinaba sus pensamientos. Se volvió hacia sus amigos y los vio petrificados, sin saber qué hacer. En ese instante recordó la conversación que habían mantenido el día de su cumpleaños. Había dicho más o menos: «Los robots nunca serán como los seres humanos porque son incapaces de dar besos». Entonces se imaginó la vida de aquel anciano rodeado de máquinas inteligentes, pero incapaces de amar, y sintió compasión por el hombre más admirado de la ciudad. Sin dudarlo más, depositó sendos besos en sus mejillas. Contra lo que esperaba, la piel era suave, pese a las infinitas arrugas que la surcaban. Dejándose llevar por la emoción, le echó los brazos al cuello y le abrazó. Los demás siguieron su ejemplo y todos terminaron fundidos en un largo apretón.

Al separarse les goteaba la nariz. Los chavales sonrieron confusos, mirándose unos a otros, avergonzados de poner al descubierto sus emociones. Desde pequeños habían crecido en la idea de que hacerlo era de mala educación.

—¡Hacía tanto tiempo! ¡Vaya! —trató de bromear el anciano mientras se sorbía la nariz; pero su voz se quebró y gruesas lágrimas comenzaron a surcar las arrugas de su cara.

Todos se echaron a reír entre carcajadas y sollozos. En ese momento comprendieron que serían amigos para siempre. Amigos del anciano y amigos entre sí, porque aquel instante de comunicación los mantendría unidos el resto de sus vidas.

—Es tarde, debéis iros. Con la máquina maravillosa mi trabajo ya está hecho. Salid de la burbuja como y cuando lo creáis oportuno. Eso es cosa vuestra. Pero venid a contarme lo que hayáis visto... Ni que decir tiene que todo este asunto es un secreto entre nosotros.

Abandonaron el Palacio de los Inventos Totales contentos de tener un nuevo amigo e ilusionados con la perspectiva de salir al exterior.

4

Preparando la fuga

LOS chavales pudieron comprobar que Bonifacio Fernández, el Inventor-Jefe del Palacio de los Inventos Totales, estaba en lo cierto: aquella misma semana salió al mercado un nuevo aparato que fascinaba a todo el que se tumbaba a mirarlo. Los habitantes de la ciudad burbuja se apresuraron a adquirir un televisor maravilloso. Todo el mundo comenzó a llamarlos así: televisores o máquinas maravillosas, pues consideraban que no se había inventado, ni se inventaría en el futuro, nada que pudiese proporcionar tantas satisfacciones al ser humano.

Al volver de sus trabajos, conectaban la máquina y pasaban horas y horas contemplándola. Tan ensimismados quedaban que se olvidaban de irse a dormir.

Para contrarrestar tal embeleso colectivo, las autoridades acordaron desconectar el fluido que alimentaba los televisores maravillosos desde las doce de la noche hasta la una de la tarde del día siguiente, hora en que terminaba la jornada laboral y empezaba el ocio de los ciudadanos. De esta manera consiguieron que la gente asistiese a sus trabajos y se fuese a la cama a una hora prudente, pues, de otra manera, la adicción al nuevo invento hubiese interrumpido la vida cotidiana.

También los padres de la pandilla disfrutaban de la posesión de aparatos maravillosos, pero ellos, fieles a la promesa hecha al anciano, no se habían tumbado ni una sola vez a contemplarlo, a pesar de que en su colegio no se hablaba de otra cosa.

Desde luego, su actitud resultaba extraña, pero como la preocupación de la mayoría era que diese la una de la tarde para tumbarse ante la máquina maravillosa, no les hacían demasiado caso.

Disfrutaban paseando con sus aerocoches por la ciudad desierta de vehículos o jugando tranquilamente en los jardines de plástico. La sensación de sentirse libres e independientes les llenaba de satisfacción.

La población se sentía feliz. Ciudadanos y autoridades estaban convencidos de que la civilización había alcanzado su cima. Nadie se aburría; habían cubierto al completo sus ratos de ocio con un gasto de energía ridículo.

Sin embargo, a las pocas semanas, algunos ciudadanos comenzaron a quejarse de que no podían conciliar el sueño, pero esto no era algo que no pudiese arreglarse con unas cuantas pastillas. A los que enfermaban de adicción y se sentían inquietos durante la jornada laboral porque echaban de menos el invento maravilloso, les daban una semana de descanso, con la posibilidad de ver la televisión durante once horas diarias ininterrumpidamente. Y se volvían locos de alegría.

Algunas semanas después, los cuatro muchachos discutían, en el jardín de Sara, los pormenores de su proyectada salida al exterior. El jardín estaba ambientado con luz de misteriosos tonos azules.

—¿Has comprobado la temperatura, David? —preguntó Sara haciendo un repaso de los datos necesarios.

—Sí, mi trabajo me ha costado. Es información reservada y tuve que estar horas y horas haciendo trampas en el ordenador hasta lograr averiguarla.

—Yo te ayudé —protestó Elena.

—¿Cuál es la temperatura exterior? —se impacientó Sara.

—Entre diez y veintidós grados centígrados.

—No lo entiendo.

—Es sencillo —intervino Pablo—, a veces hay diez grados y a veces veintidós.

—¿Quieres decir que la temperatura no se mantiene?

—Claro. En la burbuja la temperatura es siempre de veinticuatro grados, pero en el exterior depende de si es de día o de noche, si da el sol o no...

—Había olvidado lo del día y la noche. Como en la burbuja siempre tenemos luz...

—Es luz artificial, Sara. En el exterior hay luz solar.

—Entonces hemos de asegurarnos de que el día en la burbuja coincide con el día solar.

—Sí, lo he comprobado —contestó David.

—¿Lograste averiguar dónde está la salida?

David consultó sus notas.

—No con exactitud. La burbuja es semiesférica. Tiene, aproximadamente, unos nueve kilómetros de radio. El espacio central está ocupado por el Gran Parque, con una longitud de radio de un kilómetro; después sigue la parte de viviendas y aceras, y por último, la zona de servicios y almacenaje, que ocupa los tres últimos kilómetros.

Sara lo miró perpleja. Aquel lío de datos no aclaraba su pregunta.

—Pero ¿dónde está la salida? —insistió.

—Ese dato no figura en el ordenador. Lo rastreé, pero fui incapaz de encontrarlo. Se supone que al final de la zona de servicios y almacenaje.

Sara, contrariada, se mordió el labio inferior.

—Esa zona está prohibida. No se puede entrar sin permiso. Y, además, la burbuja tiene más de cincuenta y cinco kilómetros de perímetro. Tardaríamos días en recorrerlos buscando la salida.

—El tiempo es lo único que nos sobra —dijo Pablo.

—No, no. Es peligroso permanecer mucho tiempo en esa zona, terminarían por descubrirnos. Al preguntar dónde está la salida, ¿qué contestó exactamente el ordenador, David?

—Burbuja permeable por cualquier parte —leyó.

—Tiene que ser cierto —añadió con vehemencia. La mentira está excluida de la programación del ordenador.

—¡Bah! —se burló Pablo.

Sara zanjó la incipiente discusión con un gesto de impaciencia. Tecleó los datos que le había proporcionado David e hizo nuevas preguntas a su ordenador.

—No falta nada, solo averiguar dónde están las puertas.

—Tendremos que arriesgarnos —dijo Pablo.

—Supongo que sí —contestó Sara con un suspiro.

—¿Y si le pidiéramos ayuda al viejo? —propuso Elena.

—No, dejó muy claro que este era un asunto nuestro. Bastante nos ha ayudado ya. No podemos comprometerle más, si algo sale mal. ¿Lo intentamos mañana?

La emoción los paralizó.

—¿Hay algún inconveniente?

Negaron con la cabeza.

—Entonces, ¡hasta mañana!

Ninguno de los cuatro pudo dormir aquella noche.

Hacia lo desconocido

A las trece treinta y cinco del día siguiente, cuatro aerocoches surcaban el aire en orden de formación casi militar. En los rostros de sus ocupantes había seriedad y determinación. Afortunadamente se trataba de sentimientos incapaces de ser captados por los robots de vigilancia y no se tropezaron con ningún ser humano al que pudieran infundir sospechas. A esa hora los habitantes de la ciudad burbuja disfrutaban de sus máquinas maravillosas, tumbados boca arriba en el salón central de sus casas esféricas. El techo se convertía en una enorme pantalla holográfica en la que se extasiaban, viendo imágenes en tres dimensiones, mientras comían.

Llegaron sin dificultad alguna, tal y como esperaban, a la zona de almacenaje. Antes de entrar aparcaron sus coches y continuaron a pie, muy despacio, hasta la zona prohibida. No vieron, en derredor, ningún ser humano, pero sabían que eso no significaba nada. En efecto, apenas si habían avanzado unos pocos metros cuando les sorprendió un ligero pitido.

—¡Maldición, nos han descubierto!

—¡Calla! —contestó David, poniéndose, elocuentemente, el dedo en la boca—. ¡Quietos! —añadió en voz baja—. Pueden localizarnos por el movimiento.

Y, pegando su cuerpo todo lo que pudo a unas enormes cajas de polietileno, buscó una terminal. No tardó en encontrarla y se puso a teclear ansiosamente mientras los demás contenían la respiración.

—Tienen una imagen de nuestros cuerpos, conseguida por ecografía —dijo en un susurro.

Su frente estaba perlada de sudor.

—¿No puedes hacer nada para neutralizarla? —preguntó Sara.

—Intentaré modificar la forma de nuestras siluetas. Eso los despistará, al menos por un rato.

Volvió al ordenador. Sus manos, húmedas de sudor, resbalaban en las teclas. La espera se hizo eterna. Sus amigos aguardaban petrificados contra las cajas que se amontonaban en el largo corredor.

—¡Ya está! —susurró aliviado.

—¿Ya no hay peligro?

—No sé... Puede haber cámaras ocultas... Es probable que tengan imágenes.

—Seguro que las tienen —contestó Sara—. Afortunadamente los controladores humanos estarán viendo la televisión y no nos han detectado.

Pablo se quedó absorto mirando las enormes murallas de cajas, de todos los tamaños, que se agrupaban en los callejones.

—¿Qué pasaría si vaciáramos una de esas cajas y nos metiéramos dentro?

Los ojos de David chispearon.

—¡Es una solución tan sencilla que seguro que los engañamos!

—Para los controladores, el desplazamiento de cajas es usual en esta zona. No creo que se preocupen en analizar lo que llevan dentro.

Dicho y hecho. Se metieron en la primera caja que encontraron con las dimensiones adecuadas, le quitaron el fondo y comenzaron a caminar procurando hacerlo en línea recta, tal como si estuvieran siendo empujados por un robot. Se cruzaron con varios en su camino, pero no volvió a sonar ninguna alarma.

Así llegaron a un larguísimo pasillo, formado por cajas a un lado y la pared de la burbuja al otro. David sacó la cabeza y miró en derredor.

—No veo alarmas. Seguramente piensan que nadie puede llegar hasta aquí sin ser detectado. Podéis salir.

—¡La burbuja! —exclamó Elena, contemplando asombrada aquella pared blanquecina que se alzaba ante ellos.

—¿De qué material estará hecha? —preguntó Sara.

Pablo pasó su mano por la blanca superficie.

—Posiblemente una mezcla de plástico y cristal.

Pegó la cara contra la pared, pero en seguida la apartó con aprensión, al ver que se hundía.

—¡Es flexible!

Recorrieron más de un kilómetro por aquel interminable pasillo sin encontrar ninguna puerta o ranura que les permitiese vislumbrar una salida. Se sentían cansados. Con los tres kilómetros de la zona de almacenaje, habían andado cuatro y no estaban acostumbrados a tanto. El desánimo creció entre ellos.

—Nunca encontraremos la salida. No hay nada fuera de esta odiosa burbuja —exclamó Elena dejándose caer al suelo.

David trató de consolarla.

—Claro que hay algo fuera: otras burbujas, campo...

La miró y comprendió que no le creía. Se sentó a su lado y los demás no tardaron en imitarlos.

El descanso fue reconfortante. Reanudaron la búsqueda con renovadas energías, pero aquella inmensa pared seguía sin presentar una fisura. Un kilómetro más adelante, Sara se paró.

—El ordenador dice que la burbuja es permeable por todas partes. Según eso podríamos salir por aquí mismo. Pero no hay ninguna abertura, solo kilómetros y kilómetros de pared...

—Y terminales de ordenador cada veinte metros —añadió David con decepción.

Pablo dio un respingo.

—¡Está claro!

—¿Qué es lo que está claro?

—Las salidas de la ciudad han estado delante de nuestras narices todo el rato y no nos hemos dado cuenta.

—Como no te expliques mejor...

Pablo se acercó a la membrana y apoyó la mano. Enseguida la retiró. Su tacto era frío y resbaladizo como una crema.

—Pensad un momento. ¿Para qué se usan las entradas y salidas de la burbuja?

—Supongo que para traer alimentos o materias primas y luego sintetizarlos —respondió David.

—Exacto. Los seres humanos tenemos prohibido salir.

—No consta en ninguna parte esa prohibición, simplemente no tenemos permiso —aclaró David.

—Lo que tú digas: no tenemos permiso —dijo con ironía—. ¿Quiénes salen, pues?

—Los robots.

—Cierto, pero no los sofisticados como el de Sara, sino los robots de carga...

—¡Tienes razón! Todas esas terminales que hemos estado viendo a lo largo de la pared son puertas, puertas para robots —exclamó Sara entusiasmada.

Corrió hacia la terminal más cercana y tecleó ansiosamente.

—Para un robot de carga, esta puerta es más fácil de abrir —dijo mientras daba la orden de apertura.

Contuvieron la respiración. Sentían calambres en las piernas. Estaba a punto de resolverse el misterio. Por fin, como fundida por un rayo láser, la membrana de la burbuja se rasgó. Un fulgor fuerte y desconocido los cegó momentáneamente y retrocedieron asustados.

Haciendo acopio de valor, Sara entornó los ojos y dio un paso hacia la abertura.

—¡Adelante!

Los demás la siguieron con aprensión. Apenas estuvieron fuera, la burbuja volvió a cerrarse sin dejar señal alguna, como si el plástico jamás hubiera sido rasgado.

Los cuatro se agruparon instintivamente. Era la primera vez que se encontraban a la intemperie amenazante, y la posibilidad de no poder volver a entrar los aterraba, aunque cada uno disimulaba sus temblores como podía.

—¡Nunca debimos salir sin permiso! —exclamó Elena, presa del pánico—. Ni siquiera hemos avisado a Bonifacio. Sin su ayuda no podremos regresar.

La visión de la pared exterior, perfectamente impermeable, los acongojaba.

David trató de consolarla.

—¡Cálmate, Elena, hallaremos algún medio para volver a entrar, te lo aseguro!

—¡Mirad! —exclamó Pablo señalando una terminal de ordenador que había a pocos metros de ellos.

Respiraron aliviados. La visión del teclado les tranquilizó.

—Podremos volver a entrar de la misma forma que hemos salido.

Más tranquilos, dirigieron la vista en derredor. Tardaron unos instantes en acostumbrarse a aquella luz caliente, que taladraba sus ojos impidiéndoles fijar la mirada. Entre parpadeos, atisbaron un horizonte verde, por primera vez en sus vidas.

Elena entreabrió los ojos con dificultad.

—¿Es el campo? —preguntó en un murmullo.

—Sí.

Siguió un silencio mágico. Los cuatro muchachos paladeaban el nuevo mundo que se abría a sus ojos. Las praderas estaban cubiertas de hierba fresca. Las flores crecían por doquier. Los árboles lucían sus mejores galas... Era primavera. Ellos no lo sabían, pero era primavera...

David rompió el silencio exclamando:

—¡Es como nuestros jardines de plástico!

Los demás le miraron estupefactos.

—¿Tú crees? —dijo Pablo con sorna.

—Me refería al color.

—Las zanahorias y tú tenéis el mismo color —dijo señalando su pelo— y no os parecéis en nada.

Unas risitas aprobatorias acompañaron su frase. Sara intervino.

—¿Cómo puedes comparar una cosa con otra? El verde de nuestros jardines artificiales es siempre igual. Aquí hay miles de tonos.

—Sí —admitió David—. Está un poco desordenado.

Los demás se echaron a reír abiertamente.

En cualquier otra ocasión, David hubiera aprovechado para entablar una discusión, pero la visión de aquella naturaleza espléndida, que crecía libre de la huella humana desde hacía tantísimos años, le tenía fascinado.

Elena se fijó en los ojos de Pablo; habitualmente eran grises, pero ahora tenían un reflejo azulado.

—Hasta tus ojos tienen aquí un color diferente.

—Es la luz —respondió el aludido—. Hasta hoy nunca habíamos contemplado nada bajo la auténtica luz del sol.

Gradualmente más confiados, comenzaron a brincar aquí y allá, llenando sus pulmones de aire no esterilizado.

—¡Es maravilloso! —exclamó Sara.

En ese instante, una bandada de pájaros cruzó por encima de sus cabezas. Retrocedieron asustados, pero como tenían la referencia de los pájaros mecánicos de juguete, se tranquilizaron enseguida.

—¡Son pájaros! ¡Pájaros auténticos!

Pablo continuaba con los ojos clavados en el cielo.

—Nunca había imaginado que fuese azul.

—Es porque la burbuja proyecta luz blanca —aclaró David—. ¿Te desilusiona?

—No, qué va. Pero se me hace raro.

—Ha merecido la pena todo lo que hemos trabajado para salir —confesó David mirando en derredor.

Era un delirio de luz, color, aromas, sensaciones...

—Es curioso..., la luz da calor —exclamó Sara con el rostro vuelto al sol.

—Es una de las razones de la existencia de la burbuja —le explicó David.

Era su primer baño de sol y aquel calorcillo resultaba acariciante, protector...

—No es tan desagradable —contestó Sara.

—Puede llegar a serlo.

—Venga, sigamos explorando.

Elena se dejó caer en un campo de margaritas.

—¿Sabéis lo que os digo? Que entre lo que hemos caminado y este calorcito, me siento amodorrada.

Los demás la imitaron. Sería difícil olvidar aquel primer revolcón por la hierba.

—¡Huele!, ¡la hierba huele!

Los demás se apresuraron a comprobarlo. Les resultaba chocante que, al contrario del césped esterilizado de sus jardines, la hierba tuviese olor.

—¡Esto huele mucho mejor! —exclamó Sara, inclinada sobre un matojo de lavanda.

—¿Qué es?

—No sé..., otra clase de hierba.

Pasaron un buen rato a cuatro patas, con las narices sumergidas en la hierba, olisqueando plantas. Las clasificaban por aromas y colores. Apenas había variedad de ambos en la burbuja y aquel inocente juego les estusiasmó. Elena se dedicó a cortar amapolas y ponérselas en el pelo. El contraste entre sus negros cabellos y el rojo de las amapolas era sorprendente.

—¡Estás preciosa! —exclamó David, sacando la cabeza de la hierba—. Ponme a mí también flores de esas.

Elena le trenzó una corona de amapolas y se la puso sobre sus cabellos pelirrojos, pero el contraste no era adecuado.

—¿Estoy guapo?

Todos se rieron con ganas al ver el aspecto que tenía.

—No, no creo...

—¿Por qué?

—No van con el color de tu pelo. A Sara le quedará mejor.

Le quitó la corona de la cabeza y se la puso a Sara.

—¿Lo ves? Ella también tiene el pelo oscuro. A Pablo y a ti os irán mejor aquellas flores blancas. Os haré unas diademas.

Permanecieron un rato adornándose con flores. Era una actividad tranquila que les permitió recobrar fuerzas. Pero aquella explosión de luz, color y olores de la primavera les producía una alegría desconocida que recorría su cuerpo como un cosquilleo, sin permitirles estarse quietos demasiado tiempo.

Echaron a correr y jugar entre risas y gritos de entusiasmo. El suelo no era liso ni antideslizante, como el que estaban acostumbrados a pisar en la ciudad, y, antes o después, todos terminaron de bruces en la hierba.

La caída de David fue la más espectacular: aterrizó de narices sobre una zanja encharcada. Afortunadamente, el terreno era blando. Sara corrió, preocupada, a su lado.

—¿Te has hecho daño?

David levantó la cabeza. El barro le tapaba incluso las orejas.

—Estás muy manchado.

—Imposible. Llevo repelente contra la suciedad enel cuerpo y la ropa. En cuanto me sacuda estaré como nuevo.

Se limpió la cara con las mangas, procurando apartarse el barro de los ojos. Luego se sacudió, convencido de que estaba limpio, pero lo único que consiguió fue impregnarse de barro por todas partes.

—¡Estás hecho un asco! —exclamaron sus amigos entre risas.

—¿Me estáis tomando el pelo?

Su incredulidad resultaba patética pero comprensible, pues la suciedad era prácticamente desconocida en la ciudad-burbuja. Los repelentes y ropas antipolutas la habían desterrado. Todo el mundo vestía de blanco luminoso y no era preciso cambiarse de traje más que cuando el crecimiento obligaba a ello; pero esto sucedía solo en los primeros años de la vida.

—¡No sigas, te estás poniendo peor! —exclamó Sara, viendo sus esfuerzos por quitarse el barro.

Le había tenido que suceder precisamente a David, él que era el más pulcro y ordenado de los cuatro.

Al ver su cara compungida, Pablo se acercó a la zanja con el brazo extendido.

—Agárrate y sal de ahí; luego te ayudaremos a limpiarte.

A Sara le preocupaba verle tan sucio. Parecía una imagen en negativo de sí mismo.

—No creo que se limpie sacudiéndose.

—Necesitaríamos agua —contestó David.

—¿Agua?

—Antiguamente se usaba para lavar la ropa.

—Más vale que el agua sea eficaz, porque si no, sospecharán que hemos estado en un sitio prohibido.

—¿Habrá agua por aquí? —preguntó Pablo.

—Es posible, el terreno es húmedo.

—Iré a buscarla —se ofreció Pablo.

Sara tomó el mando.

—No conviene separarse. Si hay que ir, iremos todos. Podríamos encontrar animales peligrosos cerca del agua.

David sacó un papel de su bolsillo.

—Según el ordenador, hay insectos, roedores..., lo único peligroso son las víboras.

Un escalofrío les recorrió a todos.

—¿Cómo son? —se apresuró a preguntar Sara.

—Redondas y alargadas.

—¿Grandes?

—No sé. No pregunté el tamaño.

—Entonces llevad los ojos bien abiertos. Procurad que no os coma ninguna víbora.

Echaron a andar con aprensión. El suelo parecía habitado por mil alimañas invisibles. Afortunadamente, un pequeño arroyuelo bajaba de la montaña a poca distancia de allí.

—Es un río —dijo David.

Elena corrió hacia él, olvidando el miedo.

—¡Los chavales del cuento hicieron una batalla de piratas en un río!

—No nos queda tiempo más que para lavarnos y regresar, Elena —dijo Sara autoritaria.

Elena suspiró desilusionada. Caminó al borde del agua y se sentó junto a un sauce llorón que crecía en la orilla.

—Tengo mucha sed —dijo inclinándose hacia las aguas transparentes.

El grito de David congeló sus movimientos.

—¡Estás loca! Esas aguas no están esterilizadas.

—¡Bah! He visto beber a los pájaros. Seguramente todos los animales de por aquí beben en este río sin que les pase nada. No nos hemos tropezado con ninguno muerto...

—¡Quieta!, no es preciso que bebas aunque tengas sed. Tu cuerpo tiene reservas de agua para varias horas. Es una impresión engañosa.

—Todo lo engañosa que tú quieras, pero necesito beber —y se inclinó decidida.

Para tratar de impedírselo, David se encaramó a una piedra cubierta de musgo que sobresalía dentro del río, con tan mala fortuna que resbaló y, en un intento por sujetarse, arrastró a Elena consigo hasta el fondo.

—No era mi intención beber tanta —dijo riéndose, mientras escupía una bocanada de agua.

Sara y Pablo tampoco paraban de reírse.

—De haber sido cierto que el agua está contaminada, ya estaríamos muertos, ¡como lo van a estar esos si no se callan! —dijo aludiendo a las carcajadas incontenibles de Pablo y Sara.

—¡Estáis más sucios que antes! —contestó Sara entre risas.

—¡Ayudadnos a salir de una vez!

Sara y Pablo se acercaron a la orilla y extendieron sendas manos para auxiliarles. Entonces, Elena guiñó un ojo a David y, a esta señal, tiraron de sus compañeros hasta hacerles caer al agua.

—¡Ya no hay diferencias! —dijo David.

—¡Las hay! —contestó Pablo—. Vuestra parte está más sucia.

Había caído en una zona pedregosa y sus ropas estaban mojadas pero limpias.

—¡Vamos a ponerle remedio! —gritó Elena.

Cogió un puñado de barro del fondo del río y se lo arrojó a Pablo, que tuvo que meter la cabeza bajo el agua para recuperar la visión.

—¡Mi venganza será terrible! —gritó mientras lanzaba una bola de fango a Elena. Pero esta se agachó hábilmente y el barro terminó espachurrándose contra la nariz de David.

—¡Ahora verás! —protestó David mientras arrojaba otra bola y recibía, a su vez, una procedente de Sara, que de ninguna manera quería quedar fuera de la pelea.

Estuvieron batallando cerca de una hora, hasta que, rendidos, se limpiaron lo mejor que pudieron y se tumbaron a secarse en la orilla.

—¡Nunca creí que un juego tan tonto fuese tan divertido! —confesó Davíd con los ojos húmedos de tanto reírse.

—Es mejor que la pasta sintética que nos daban en el colegio cuando éramos pequeños —añadió Elena.

—Sí, pero mancha.

—Por eso.

Pablo señaló un cerezo de frutas maduras que aparecía cerca de allí.

—¿Qué es?

—Supongo que un árbol frutal.

—¿Se come?

—Creo que sí.

Ni corto ni perezoso subió árbol arriba hasta llegar a las cerezas y probó una con precaución, pese a la alarma de David.

—¡Están ricas!

—No deberíamos comer nada aquí fuera.

—No seas pesado, David... Tú mismo nos contaste que los vegetales que recogen en el exterior los emplean para hacer extractos alimenticios.

—¡Tíranos unas pocas, Pablo! —gritó Sara.

—¡Ahí van! Las blancas no las comáis, saben mal.

Sara paladeaba con lentitud.

—Están..., saben a perfume.

—Todo tiene un fuerte olor aquí fuera. Incluso nosotros —dijo olisqueando a David, que estaba a su lado.

—¿Bueno o malo? —preguntó este muy alarmado.

—Las dos cosas —contestó Elena riendo, al tiempo que le pasaba a David un racimo de cerezas por delante de la nariz para hacerle rabiar.

Consiguió despertarle el apetito.

—No queréis hacerme caso, ¿eh? Muy bien, si nos pasa algo, que nos pase a todos. ¡Pablo, tírame unas cuantas frutas de esas!

—¿Has decidido envenenarte tú también? —bromeó Pablo desde lo alto del árbol.

Tenían hambre. No habían planeado permanecer tanto tiempo en el exterior y no se les había ocurrido llevar concentrados para alimentarse. Las cerezas, dulces y frescas, les supieron a gloria. Alguien sugirió llevar unas pocas a la ciudad, pero la idea fue rechazada por peligrosa.

—¿Qué es aquello? —preguntó Pablo desde el cerezo.

Señalaba una colina cubierta de flores.

—Una montaña pequeña —respondió David.

—No, más allá.

Sus amigos no podían ver de qué se trataba desde donde estaban.

—Hay un barranco. Después la tierra desaparece y se convierte en cielo.

—Vamos a averiguarlo —dijo Sara poniéndose en pie de un salto.

Descendieron la colina y se encontraron con una franja de arena amarillenta, en la que se les hundían los pies. Un olor acre, pero no desagradable, se mezclaba con un estruendo también desconocido para ellos.

—¡Es el mar! —murmuró Sara con un escalofrío de satisfacción.

—¡Qué inmenso es! —exclamó David boquiabierto—. Es el fin de la tierra para nosotros.

—No quería alarmaros, pero desde lo alto del árbol me pareció como si el cielo comenzara aquí mismo. ¿Por qué tendrán el mismo color?

Lo pensaron en silencio, como hipnotizados por aquella contemplación sin límites.

—La superficie del agua es como un espejo en el que el cielo se refleja —contestó Sara.

Permanecieron varios minutos extasiados, deleitándose con la visión de aquella inmensidad azul que se extendía hasta el infinito.

—Nos han enseñado muchas imágenes del mar en el colegio, pero no sirven de comparación.

—¿Te has fijado en que huele? —dijo Pablo.

—Sí —contestó haciendo una inspiración profunda.

—Se está bien aquí, ¿verdad?

—Claro, hay mucho oxígeno.

—No es solo eso, David. Es el paisaje, el olor...

—El ruido —intervino Elena— es agradable. ¿Cómo se produce?

—Son las olas al chocar contra la playa —contestó David. Luego añadió absorto—: Hasta hoy no me había percatado de lo pequeña que es la burbuja. Desde dentro no se puede ver el horizonte.

La luz se tornó dorada. Imperceptiblemente, los contornos comenzaron a desdibujarse con el lento avance del ocaso. Elena dio la alarma.

—¡El cielo se está poniendo rojo! ¡El sol se hunde en el mar!

David clavó la mirada en las aguas rojizas.

—Se llama puesta de sol. No te asustes, es un fenómeno corriente. Por las imágenes que he visto, es un bello espectáculo.

—¿Nos quedamos a verlo?

La propuesta de Pablo no encontró oposición pese a lo avanzado de la hora.

Pasó media hora sin que apenas cruzaran palabra alguna, estremecidos por la belleza de lo que estaban contemplando. De pronto, Sara volvió la cabeza y gritó:

—¡El cielo se está poniendo negro por ahí detrás!

—¡Es la noche! ¡Hay que regresar! —exclamó David alarmado.

Un temor irracional a la oscuridad, desconocida para ellos, los puso en pie, tensos y asustados.

A pesar del cansancio que sentían, no pararon de correr hasta tropezar con la pared exterior de la burbuja, que, afortunadamente, no estaba demasiado lejos. Apenas quedaba ya un rayo de luz. Apretaron casi a tientas las teclas del ordenador y, con gran alivio por su parte, la burbuja se rasgó para darles paso. Penetraron sin mirar siquiera si había alguien en las inmediaciones.

—¡Ya estamos en casa! —exclamó David al contemplar la luz lechosa que les alumbraba.

Estaban sin resuello.

—¿Volveremos a salir mañana? —preguntó Sara jadeante.

—No sé, deberíamos estudiar —dijo David sin mucha convicción.

Pablo intervino:

—Nadie sabe tanto como nosotros del campo, del mar, de los árboles.

Sorprendentemente, David estuvo de acuerdo.

—Las cosas se aprenden mejor cuando se pueden ver, tocar...

Pablo sonrió.

—Como sigamos sin discutir, dejaremos de ser amigos. «Amistad muerta por aburrimiento», ja, ja, ja...

David le dio una palmada cariñosa.

—Voto por salir mañana, aunque no tengamos tiempo de discutir.

Elena interrumpió su camaradería.

—¡Sois unos desagradecidos! ¿Ya habéis olvidado que prometimos al profesor Bonifacio contarle todo lo que viéramos en nuestra primera salida?

—Es verdad... —murmuraron los otros.

—Hay que ser agradecidos, sin su ayuda nunca lo hubiésemos conseguido.

De repente, sonó un pitido agudo. A continuación, en el cielo de la cúpula apareció una proyección holográfica señalando la hora. Eran las diez de la noche. Demasiado tarde. Corrían el riesgo de ser descubiertos si llegaban después de que las máquinas maravillosas dejasen de funcionar. Sara tomó rápidamente la iniciativa.

—Nos encontraremos mañana a las dos de la tarde en el Palacio de los Inventos Totales.

El regreso fue sencillo. Emplearon, con idéntica fortuna, el mismo método del cajón vacío, y decidieron usarlo siempre para atravesar la «zona vigilada». Cada uno se dirigió luego a su casa. Nadie les había echado de menos.

6

La visita

AL día siguiente, apenas las máquinas maravillosas comenzaron su emisión, el viejecito salió a esperarlos a la puerta del Palacio de los Inventos Totales. Miraba impaciente al cielo de la cúpula con su boina puesta. Nada más verlos, se la quitó y la agitó con la mano mientras daba saltitos de alegría. Los chavales respondieron a su saludo lanzando señales luminosas desde sus aerocoches.

—¿Qué tal? ¿Os ha gustado? —dijo mientras guiñaba con torpeza el ojo derecho.

—¿Cómo sabes que hemos salido?

—Sé casi todo lo que ocurre en esta ciudad, aunque soy tan despistado que no me entero de nada... que no me convenga —añadió con ingenua picardía.

—¿Estabas seguro de que vendríamos a contártelo?

—Una promesa es una promesa...

Los chavales se miraron con remordimiento. Habían estado a punto de olvidarse de ella.

—Contadme, ¿qué os ha parecido?

—¡Fabuloso! —exclamó Pablo entornando los ojos para visualizar sus recuerdos.

—Está lleno de colores —trató de explicar David con su lógica habitual—: verdes, amarillos, azules... Se puede mirar a lo lejos y no se ve el fin...

El anciano cerró los ojos para rememorar las imágenes de su infancia.

—El infinito —murmuró sin apenas mover los labios—, el horizonte infinito... Cuando era pequeño no le daba importancia, y ahora... Hace tanto tiempo...

—Donde mejor se ve es en la orilla del mar. Es lo que más me ha gustado —exclamó Sara—. No se cansa una de mirarlo.

El anciano suspiró.

—A mí también me gustaba... ¿Habéis jugado mucho?

Los cuatro se miraron ofendidos.

—Ya somos mayores —murmuró David.

Pero Sara contestó con franqueza:

—Hemos librado una batalla con barro en un riachuelo. Lo pasamos muy bien y terminamos hechos un asco.

Se echaron a reír al recordarlo y se pusieron a explicarle, alborozados, los pormenores de la aventura.

—Me dais envidia. Si fuera más joven... Aunque tampoco soy tan viejo, ¡qué caramba!

Los chavales le miraron asombrados. Era el hombre más viejo que habían visto jamás. Ni siquiera se atrevían a calcular la edad que tendría. Más de cien años. Pero no dijeron nada para no ofenderle. ¡Era tan simpático y le estaban tan agradecidos!

—Un día de estos —prosiguió, después de haber llegado a la conclusión de que no era tan viejo— os acompañaré, si no os importa.

—Claro que no —contestaron todos a la vez.

—Puedo ser un estorbo —añadió con humildad—. Ya no estoy acostumbrado a andar por el campo y mis piernas no son ágiles.

—Te ayudaremos, ven cuando quieras —dijeron con sinceridad.

—¡Gracias! Venid conmigo. Os voy a dar un regalito que os tenía preparado.

Le siguieron a través del Palacio de los Inventos Totales hasta desembocar en el pasillo secreto que conducía a su vivienda. Allí, sobre la mesa que había en el centro de la habitación, había cinco tazas, con un diseño del siglo pasado. Los muchachos se relamieron de gusto, pero el anciano pasó de largo y los llevó a otra habitación, pintada de azul, llena de estanterías en donde se apilaban juguetes por todas partes, la mayoría desconocidos para ellos.

—Son reliquias de mi infancia. En ese ordenador aprendí a matar marcianitos —bromeó el anciano.

Era un modelo tan simplón y anticuado que lo miraron con menosprecio, pero sin atreverse a expresar su opinión en voz alta.

—Esto es una construcción para hacer portaaviones y naves espaciales. Cuando tenía ocho años los hacía y deshacía cientos de veces.

—Vaya un juego más tonto —se le escapó a David.

Los demás le lanzaron miradas asesinas por su imprudencia.

—No creas... Me entretenía horas y horas...

—Bueno..., quiero decir —se disculpó David— que es un poco anticuado. Las piezas no cambian de forma ni de color... No parece una construcción muy entretenida —se mordió la lengua disgustado por haber vuelto a meter la pata.

El anciano sonrió con comprensión. Dentro de cien años los tataranietos de David pensarían lo mismo de sus juguetes. Pasó la mano sobre un balón de forma ovoide que descansaba junto a un palo grueso.

—Era para jugar al base-ball —murmuró sin que entendiesen lo que quería decir—. Aquel era de fútbol, y esta cesta, de baloncesto.

Luego acarició amorosamente unos muñecos rígidos de plástico pintado que se amontonaban en un estante. Aquellos héroes de su infancia querían ser monstruos intergalácticos, pero no eran más que una representación ingenua de hombres disfrazados de forma chabacana. Los chavales contemplaron aquellas antiguallas conmiserativamente. Eran incapaces de ningún movimiento o sonido, completamente pasadas de moda.

El inventor, al ver el nulo efecto que aquellos recuerdos de su infancia producían en los niños, se dirigió a un mueble con cajones que había al otro extremo de la habitación y, con un suspiro, sacó cuatro paquetitos rectangulares envueltos en papel decorado a mano con pajaritos y mariposas.

—¡Qué bonito! —exclamaron.

Bonifacio suspiró aliviado. Ya dudaba que su regalo les gustase.

—Los he hecho para vosotros. Hace muchos años que no hago ningún regalo a nadie.

Los chicos se apresuraron a desenvolver los paquetes y comprobaron que en su interior había un block y una caja de palitos de colores.

—¿Son para comer con el chocolate? —preguntó David inocentemente.

—No, ja, ja, ja... ¡Qué ignorantes sois los chicos de hoy! En mis tiempos, todos los chavales teníamos pinturas de estas... Ahora ya no existen, pero las he fabricado para que dibujéis lo que veáis en el campo.

—¿En casa no podemos dibujar? —preguntó Pablo con un destello de ilusión en los ojos.

—Claro que sí, pero procurad que no os vea nadie. Me crearíais problemas. Venid, tengo chocolate con churros para merendar.

No se hicieron de rogar. Se lo comieron todo en un santiamén, asegurando que les había gustado más que la primera vez.

—Cuanto más se prueba una cosa, más gusta, y el campo abre el apetito —aseveró el anciano satisfecho.

—Se nos está haciendo tarde; tenemos que estudiar —dijo Pablo, con la secreta intención de llegar a casa para probar los lápices de colores antes de la desconexión de la máquina maravillosa.

—Sí —sonrió el anciano, como si hubiese adivinado sus intenciones—. Después de la aventura de ayer será mejor que os acostéis pronto. Os acompañaré hasta la puerta.

Y poniéndose sus zapatillas de paño, echó a andar con la soltura de un crío. Antes de franquear la puerta del Palacio de los Inventos Totales, Pablo preguntó:

—¿Podemos llevar con nosotros a algún compañero de clase?

Para asombro de Pablo, David se sumó a la petición.

—Una batalla de muchos es más divertida que una de cuatro... Unos conducirían las balsas mientras otros dispararían las bolas...

—Naturalmente, podéis llevar con vosotros a todos los chavales que queráis, para eso es la máquina maravillosa. Pero aseguraos de que nadie diga nada.

—Nos encargaremos de que no se vayan de la lengua, pierde cuidado —respondieron alegremente los cuatro.

Y dándole un beso, echaron a correr hacia los aerocoches, rebosantes de alegría, mientras el anciano sonreía con satisfacción.

—¡Volved de vez en cuando a contarme cómo van las cosas!

El anciano más simpático

AL día siguiente, la mitad de sus compañeros de clase los acompañó al exterior. Al otro, la otra mitad. Y todos quedaron tan contentos que ni un solo día renunciaron a volver.

Durante las semanas siguientes, la noticia corrió de boca en boca entre los jóvenes escolares de la burbuja y apenas quedó un niño en toda la ciudad que no hubiese salido al exterior.

Parecía que un secreto compartido por tal cantidad de niños iba a ser difícil de guardar, pero no fue así en absoluto. No porque no cometiesen indiscreciones, que lo hacían con frecuencia, sino porque los adultos estaban tan entusiasmados con sus televisores maravillosos que apenas les prestaban atención. Escudándose en que los críos siempre están fantaseando y no había por qué creer aquella historia tan delirante de las escapadas a un mundo exterior, no prestaban ojos a la evidencia. El invento del profesor Bonifacio era todo un éxito. Los adultos vivían quietos y felices en sus casas, pendientes de aquella máquina maravillosa que les libraba de preocupaciones, incluso de la de pensar.

Los chavales, a su modo, tomaban precauciones: no hablaban nunca, ni siquiera entre ellos, de las salidas al exterior durante las horas de emisión; dejaban las ropas junto a la pared externa de la burbuja, en vista de que los tratamientos antisuciedad y antidesgaste eran ineficaces para el campo, y procuraban no traer nada de fuera que pudiera resultar sospechoso. Todos cumplían el pacto de silencio, pero, la verdad sea dicha, una mayoría opinaba que tanta prudencia era innecesaria, pues, aunque los padres supiesen con certeza que sus hijos pasaban las tardes en el exterior, serían incapaces de impedirlo, ya que les faltaba voluntad para apartarse de la contemplación de la máquina maravillosa e ir en su busca.

De vez en cuando, los cuatro amigos restaban un par de horas a su tiempo de ocio e iban a visitar al anciano inventor, que, invariablemente, les invitaba a chocolate y se regocijaba con sus aventuras. Sugería nuevos juegos y quehaceres, y les contaba historias de piratas que había leído en su infancia.

Las semanas fueron pasando con felicidad para todos: los adultos con sus máquinas maravillosas y los niños con sus juegos en el campo. Así, al llegar el fin del verano, el anciano les dijo un día:

—¿Os importaría llevarme con vosotros mañana?

Los chavales se apresuraron a contestar que sí porque le debían un gran favor y le apreciaban mucho, pero tenían sus dudas. Sabían, por experiencia, que los abuelos son gruñones: «No te subas ahí, que es peligroso». «No hagas eso...». «Te vas a caer». Mas aquel vejete, en definitiva, era uno de ellos: era un buen «chaval».

Al día siguiente pudieron comprobar que sus dudas no tenían razón de ser. El anciano sabía divertirse como el que más. Participaba en las carreras sin importarle llegar el último. Era feliz haciendo batallas con bolas de barro aunque recibiese más bolazos que nadie... En fin, que nunca se echaba para atrás, hasta tal punto que todos los chavales se sorprendieron de que fuese tan juguetón.

Cuando ya iban de regreso, el anciano exclamó:

—¿Sabéis qué árbol es ese?

—No.

—Es un manzano. ¡Están deliciosas las manzanas recién cogidas!

Y, sin decir más, trepó árbol arriba con una agilidad que dejó pasmados a los chicos.

Sara se inquietó.

—¡Te puedes caer! ¡Baja de ahí, Bonifacio!

Afortunadamente, el manzano no era demasiado alto y alcanzó las ramas sin dificultad. Sus amigos seguían con ansiedad sus evoluciones desde abajo. Se sentían responsables de él.

—¡Están riquísimas! —dijo lanzándoles unas cuantas manzanas.

—¡Ten cuidado! —le advirtió Pablo, viéndole oscilar entre las ramas.

—Muchacho, no te preocupes y come. ¡Hace mil años que no probaba algo así!

Estaban realmente ricas, pero no supieron apreciarlas como se merecían, porque estaban preocupados por Bonifacio.

—¡Baja ya!

—¡Dejadme, dejadme! No sé cuándo volveré a comer esta delicia.

—Puedes venir con nosotros siempre que quieras —le gritó Sara.

—Para ya de comer —le advirtió David—. Te va a doler el estómago.

Pero él, haciendo caso omiso, siguió comiendo hasta hartarse. Entonces miró hacia abajo y se puso pálido.

—¡No me atrevo a bajar!

Ya fuera porque las manzanas le habían revuelto el estómago, ya porque tenía vértigo, el caso es que no se decidía a moverse.

—Es más sencillo bajar que subir —le animó Pablo—. Solo tienes que dejarte deslizar.

—Es una vergüenza, pero me da miedo.

Y se abrazó al árbol, todavía con más fuerza.

—Cierra los ojos.

Todos correteaban nerviosos en torno al manzano buscando una solución.

—¡Quiero una escalera!

—Sí, es verdad, ¡una escalera!

—No tenemos una escalera.

—Id a pedir ayuda.

—No podemos, Bonifacio. Recuerda que estamos en el exterior. Si se enteran, tú serías el más perjudicado.

—¡Me duele mucho la tripa!

Sara habló a sus compañeros:

—Si no logramos bajarle, habrá que pedir ayuda, aunque se descubra todo.

Todos asintieron cabizbajos. Le debían mucho al anciano como para abandonarle en una situación así.

—Sí tuviéramos una cuerda, sería fácil —dijo Pablo.

—¿Cómo?

—Uno de nosotros subiría hasta donde está, le ataría la cuerda por debajo de los brazos, la apoyaría en una rama y se la echaría a los de abajo. Entre todos tendríamos fuerzas para descenderle.

—Sería una buena idea si tuviéramos una cuerda —suspiró David.

Miraron a la rama donde Bonifacio temblaba como un flan.

—¡Me estoy mareando! ¡Estoy muy malito!

—¡Aguanta un poco, Bonifacio, te bajaremos!

Elena tuvo, de pronto, una idea feliz.

—¡Atando nuestras ropas podemos hacer una cuerda!

Así lo hicieron. Tardaron más de una hora en bajarle, ayudados por otros muchachos que se habían ido acercando. Pero, al fin, todos aplaudieron entusiasmados cuando puso los pies en el suelo, y se dejaron caer extenuados alrededor del manzano.

—No tenías que haber comido tantas —le reprochó Sara.

—¡Estaban tan ricas! No me arrepiento, no señor.

—Si estás bien, vámonos. Se está haciendo de noche.

—Sí... parece que ya he hecho la digestión.

La luz rojiza del ocaso fulguraba sobre la burbuja cuando iniciaron el regreso.

Bonifacio Fernández caminaba a pasitos lentos, rendido por las aventuras de aquel día. Los chicos le daban algún que otro empujoncito para que se diera prisa, pero él, sumido en el cansancio, andaba con una lentitud desesperante, sin darse cuenta de que anochecía rápidamente.

—¿Sabéis lo que os digo, muchachos?

Aprovechó para hacer una paradita y descansar.

—Me duele todo: las mandíbulas de reírme, las piernas de andar y la tripa de comer manzanas.

Sara le contestó como lo hubiera hecho a un niño pequeño.

—¡Es natural!

—No puedo con mi cuerpo. Sin embargo, no recuerdo haberme divertido tanto en todos los días de mi vida.

Se pararon a observar con ternura a aquel hombre cansado pero contento.

—Se está haciendo muy tarde, trata de darte prisa.

Él asintió con la cabeza.

—Lo que demuestra —continuó absorto en sus razonamientos— que la felicidad no es la ausencia del dolor. ¿Quién dijo esto...?

«¿Por qué dirá tantas tonterías? —pensó Sara—. ¿Será el cansancio?».

Y le pasó la mano por la cintura para que, apoyado en su hombro, pudiese caminar más deprisa.

Pablo se acercó por el otro lado para sostenerle también. El anciano les sonrió agradecido. Los ojos le brillaban felices.

—El hombre es un animal tan estúpido —prosiguió con sus filosofías— que, buscando el bienestar, ha olvidado que la diversión es el mejor bienestar.

Los muchachos no entendían lo que quería decir, ni tenían tiempo de pensar. Lo más importante era llegar a la ciudad antes de que las máquinas maravillosas dejasen de funcionar.

De pronto, un sonido característico los dejó paralizados.

—¡Son robots! —exclamó David—. ¡Una patrulla de robots!

—Echaos a tierra —dijo el anciano—, hay que impedir que nos detecten.

—¿Es una patrulla de vigilancia? —preguntó Sara.

—No creo —contestó Bonifacio—. Debe de ser un grupo de trabajo.

—¿A estas horas?

—Los robots no distinguen el día de la noche, pequeña.

—Hasta hoy no nos habíamos tropezado con ninguno.

—Durante el verano, los robots recolectores trabajan de noche porque el calor del sol podría perjudicar sus circuitos —explicó Bonifacio—. Por eso no os informé de la existencia de patrullas de trabajo. A propósito, debe de ser muy tarde, ¿verdad? —preguntó alarmado.

—Casi las once de la noche.

—¡Vamos, deprisa!

Llevando al anciano en volandas, consiguieron llegar, casi de milagro, antes de que los televisores maravillosos dejasen de funcionar.

Dejaron al anciano en su casa y se fueron a descansar. El día siguiente era domingo y les esperaba una larga jornada de juegos en el exterior.

8

¿Dónde están los niños?

—¡ERA domingo! Sara se despertó alrededor de las ocho y media. Le gustaba madrugar los días de fiesta para disponer de más tiempo en el exterior. La luz lechosa de la burbuja iluminaba su habitación con la monótona tonalidad de siempre. A Sara le pareció odiosa. Desde su infancia estaba familiarizada con aquella luz limpia y eficaz que emanaba de la cúpula de la ciudad, pero ahora le resultaba insoportable. Se había acostumbrado a los cambios luminosos del exterior, donde las luces y las sombras variaban los límites de las cosas a lo largo del día.

Al ponerse en pie se dio cuenta de que le dolía todo el cuerpo. No era extraño, el día anterior había permanecido muchas horas en el campo y ahora pagaba las consecuencias. Claro que el retraso no había sido culpa suya, sino de Bonifacio. ¡Pero se habían divertido tanto con él! Era increíble verle saltar y gatear como a un crío, parecía un camarada más... Aunque a veces decía cosas incomprensibles, como cuando le traían de vuelta a casa.

—¡Sara, ven a desayunar! —le dijo su madre, mientras consultaba en el ordenador la dieta adecuada para las necesidades del día.

Su padre, mientras tanto, abría sobres de comida sintética para mezclarlos con un líquido vitamínico de color rojo.

—¡Date prisa! —le dijo su padre al verla vestirse con lentitud—. La emisión comienza a las diez.

Como la mayoría de los adultos de la ciudad, era víctima del síndrome de la máquina maravillosa.

Sara alargó la mano con intención de coger una de las pastillas para quitar el cansancio, situadas en la estantería de cristal de la cabecera de su cama, entre las píldoras antidolor, pero desistió en el último momento. Bien pensado, la laxitud que daba el cansancio le proporcionaba cierto placer.

Desayunó con sus padres. ¡Qué poco imaginaban que la proporción de proteínas, grasas, vitaminas, sales... que estaba consumiendo era del todo insuficiente para la dura jornada que la esperaba en el exterior! Sin decir nada, añadió otro sobre a su dieta y se dijo que lo que faltara ya lo compensaría con algún alimento de fuera. Al principio, ni Sara ni los otros chavales se atrevían a comer nada del exterior, pero ahora comían lo que encontraban: mariscos, frutas, tubérculos, semillas..., después de asegurarse de que eran comestibles. Algunos niños, sin embargo, seguían llevando sus sobres de comida sintética para cuando tenían hambre.

Apenas comenzada la emisión, Sara aprovechó para salir de casa.

«No se enteran de nada hasta que no los desconectan» —decían sus amigos, aludiendo a que los adultos se sentían tan unidos a sus aparatos que se estaban convirtiendo en máquinas ellos mismos.

Al verlos tumbados boca arriba, con los ojos clavados en el techo, sin pestañear, Sara se temió que la broma tenía mucho de cierto. Abandonó la casa con sigilo, aun sabiendo que sus padres no le prestaban atención, y montó en su aerocoche para encontrarse con sus amigos en el lado Oeste, junto al ordenador noventa y nueve. Cuando descubrieron que se podía salir por cualquier parte, cada grupo escogía la salida que más le convenía, pero ellos iban siempre juntos. Su amistad, siempre entrañable, se había incrementado en los últimos meses.

Durante el viaje hasta la puerta noventa y nueve, olvidó las agujetas y dejó de lado el abatimiento que le producía pensar que la máquina maravillosa le había dado muchas cosas, pero le había arrebatado a sus padres. Se alegró de no haber tomado pastillas ni para el cansancio ni para el aburrimiento. Eran inocuas, pero como les había dicho una vez Bonifacio Fernández cuando se quejaron de las incomodidades que a veces tenían que soportar fuera: «Vivir también es sufrir», «el sufrimiento da felicidad», o quizá algo parecido...

Cuando llegó, sus amigos ya estaban allí, tan sonrientes y cansados como ella. Salieron de la burbuja comentando que era un alivio no tener que cargar con Bonifacio dos días seguidos.

Pensaban que sería un domingo normal y corriente, pero se equivocaban. A las once de la mañana sucedió algo inaudito en el interior de la burbuja: ¡se cortó la energía! Claro que, como ellos no sabían nada, continuaron tranquilamente con sus juegos, dispuestos a no regresar hasta que se hiciera de noche.

Pero en la ciudad se produjo una conmoción: las cúpulas de las casas se quedaron vacías de imágenes. La máquina maravillosa dejó de funcionar.

Los padres de Sara apretaron los párpados desconcertados, fijando con insistencia la vista en el techo. Estaban convencidos de que su mente se había desconectado de la televisión porque, desde que ellos eran capaces de recordar, la energía no se había cortado jamás.

—No veo nada —dijo Consuelo, la madre, con la misma angustia que si se hubiera quedado ciega.

—Yo tampoco —contestó José María, su marido—. Piensa en otro programa por si acaso.

—Ya lo he hecho, pero no se ve nada.

—Voy al ordenador; lo programaré para que arregle el televisor.

Se levantó entumecido y tecleó inútilmente.

—¡No funciona! ¡No hay energía!

Su mujer le miró incrédula.

—La energía no se puede ir así como así. Pídele al ordenador la energía suplementaria.

—¡Te he dicho que no funciona!

Se desplazó por la casa apretando enloquecido botones y más botones sin obtener ningún resultado. Su mujer se echó a reír.

—Si es una broma, lo admito, José María, pero no me hagas pasar por tonta. La energía no se ha ido desde hace siglos...

El rostro desencajado de su marido la alarmó.

—Nuestro ordenador está conectado con el ordenador central. Tendría que haberse ido la energía en toda la ciudad. Es imposible.

—Compruébalo tú misma, si no me crees.

Consuelo se levantó y tecleó nerviosa. El ordenador estaba mudo.

—¿Qué vamos a hacer? ¡Nada funciona! ¡Mira, la luz ha cambiado de color!

—Se ha ido la luz artificial. La que ves es la que se filtra a través de la burbuja.

La angustia empezaba a alterar su rostro.

—Lo que significa que cuando fuera sea de noche nos quedaremos a oscuras.

—No seas exagerada, te apuesto lo que quieras a que antes de media hora ya está solucionado. ¡Tranquila! Siéntate y charlemos un rato.

—¿Y Sara?, ¿dónde está Sara?

—Estará jugando en el jardín —dijo para tranquilizarla, pero no pudo dejar de mirar alrededor, buscando a su hija.

—Creí que estaba con nosotros viendo la televisión maravillosa.

—En más de una ocasión le he oído decir que no le gusta. Nuestra hija es muy extraña... Y para colmo, siempre está con sus amigos. Me temo que es una inadaptada.

—No digas tonterías. Es una chica inteligente y buena.

—Lo sé, Consuelo, pero no tendrá ningún porvenir si sigue tan rara. Ya sabes cómo son las cosas en esta ciudad...

—Todavía es muy niña, tendrá tiempo de cambiar cuando sea mayor. Yo me parecía a ella y mira... En cambio, tú te pareces a ese amigo suyo, ¿cómo se llama? Ah... David. Siempre interesado por la técnica.

—¿Te gustaría que estuviese imaginando tonterías como ese otro?, ¿cómo se llama?

—Pablo. Puede que no te caiga bien, pero es un chaval muy ingenioso.

—También hay otra chica en la pandilla, ¿no?

—Elena. Es encantadora. Logra ponerlos de acuerdo a todos.

—Son una panda de bichos raros. No es bueno que tengan esa amistad tan... tan profunda.

—Que yo sepa, no está prohibido tener amigos.

—Ya me entiendes, Consuelo. No es que esté prohibido, pero está mal visto. En el informe que nos han mandado del colegio nos reprochan que no hayamos cortado esa amistad. Dicen que es perjudicial para la concentración.

Consuelo hizo un mohín de incredulidad.

—¡Tonterías! Además, en mi trabajo he oído rumores... Nuestra hija no es la única que tiene amigos. Últimamente se han detectado grupos de muchachos que se reúnen para jugar mientras vemos la máquina maravillosa.

José María no podía salir de su asombro.

—¿No será un bulo?

—Es verdad. Parece ser que a muchos niños no les gusta y juegan mientras los adultos la vemos.

—¿Dónde?

—No sé... En los jardines de las casas, en el Parque Central...

José María se dejó caer en el asiento, conmocionado por lo que acababa de oír.

—Si se mantienen esas costumbres, en una generación volveremos al estado salvaje.

Consuelo se echó a reír.

—¡No digas tonterías! Los jóvenes siempre han hecho cosas diferentes a las de sus padres y nunca ha pasado nada.

Le acarició la mejilla y se puso en pie. José María le apretó la mano con cariño.

—Llevábamos mucho tiempo sin charlar...

—Cierto... Es agradable... Tenemos que hacerlo más a menudo, pero ahora estoy intranquila. Vamos a buscar a Sara.

Al faltar la energía, las puertas automáticas no se abrían al paso, y los padres de Sara tuvieron que emplear todas sus fuerzas para poder llegar al jardín.

—¡No está! —exclamó Consuelo, presa de angustia.

—Tranquilízate, estará con sus amigos, ¿dónde viven?

—No lo sé. Todos esos datos están en el ordenador.

Al igual que ellos, otros muchos padres se estaban haciendo la misma pregunta.

José María y Consuelo salieron de la casa. El caos era grande. Los aerocoches no funcionaban, las aceras mecánicas no se movían, los acondicionadores de aire estaban parados y no había más luz que la que se filtraba a través de la burbuja. La gente se apiñaba en las aceras que serpenteaban de casa en casa. Hacía tiempo que las calles habían dejado de existir, pues con los aerocoches eran innecesarias. Solo estrechas aceras, deslizantes cuando había energía, comunicaban entre sí las viviendas de la ciudad. La gente caminaba a empujones, buscando a sus hijos con caras de angustia, pero nadie se atrevía a preguntar a los demás, porque hablar con desconocidos estaba mal visto e incluso se consideraba de mala educación. Las casas y sus jardines estaban separados entre sí por altas murallas de plástico opaco para que cada cual aterrizase en su jardín sin tropezarse jamás con sus vecinos. De esta manera la intimidad era protegida. Todo el mundo procuraba guardar las distancias y, fuera del trabajo, eran muy raras las relaciones con otras gentes que no pertenecieran a la misma familia.

—¿Ha visto usted a mi hija? —preguntó por fin Consuelo a una mujer joven que salía de la casa de al lado.

La vecina abrió los ojos atónita. No podía explicarse cómo se había atrevido a dirigirle la palabra sin conocerla.

—¡Cálmate, querida, los nervios te están jugando una mala pasada! —le dijo en voz alta José María, para que la vecina entendiese la situación—. Te traeré unas pastillas —añadió solícito.

Los ojos de Consuelo chispearon.

—¡No estoy nerviosa! ¡Quiero encontrar a nuestra hija, eso es todo! ¡Y te advierto que no la vamos a encontrar tomando pastillas! —chilló fuera de sí.

Sus gritos pararon en seco a los transeúntes. Para asombro de todos, la vecina contestó:

—No conozco a su hija, pero no está por aquí. Lo digo porque nada más cortarse la energía salí y no he visto a ningún niño por estos alrededores. Yo también estoy buscando a mi hijo... —su voz estaba a punto de quebrarse—, creí que jugaba en el jardín mientras yo veía la máquina maravillosa...

Siguió un silencio sepulcral.

—Han desaparecido... Todos los niños han desaparecido —murmuró Consuelo, mientras la vecina asentía con la cabeza.

Consuelo recorrió con la mirada aquellas máscaras de angustia que la contemplaban en silencio.

—¿Alguno de ustedes ha visto a sus hijos? —preguntó.

De nuevo un largo silencio de miradas recíprocas.

—Yo no he visto a ningún niño desde que salí de casa —dijo una voz entre la multitud silenciosa.

De repente, como si hubiera saltado un resorte, todo el mundo comenzó a hablar a la vez.

—¡Ni yo!

—¡No!

—¡Tampoco yo!

La madre de Sara se mordió los labios contrariada.

—No pueden haber desaparecido todos. Tienen que estar en alguna parte... ¿A alguno de ustedes se le ocurre dónde pueden haberse metido tantos niños?

Siguió un instante de silencio.

—El único lugar en la ciudad lo suficientemente grande es el Parque Central —respondió una voz.

—¡Cierto! ¡Vamos al gran Parque Central! —dijo Consuelo con voz enérgica.

—Yo no iré —le susurró su marido al oído.

Consuelo le miró estupefacta.

—En cierta ocasión, mientras veía la televisión maravillosa, oí hablar a Sara y a sus amigos de reunirse

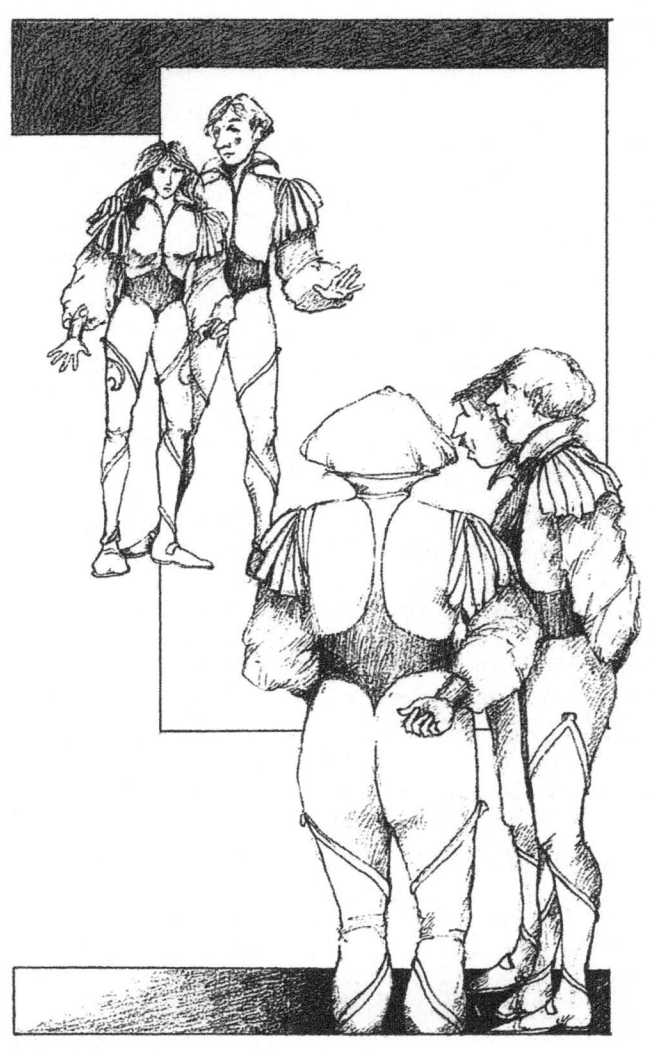

en la Zona de Almacenaje, por el lado Oeste. La verdad es que entonces no presté atención, pero ahora buscaré por allí. Si buscamos en dos sitios, habrá más probabilidades de encontrarla.

—Necesito que vengas, José María, yo...

—Lo estás haciendo muy bien. Nuestra hija se parece a ti. Hay algo que debo advertirte antes de separarnos: si antes de cuatro horas no habéis encontrado a los niños y la energía no ha vuelto, debéis abandonar la burbuja. El aire no durará más. Permanecer más tiempo dentro es peligroso.

—No podemos abandonar a los niños.

José María guardó silencio, como tomando fuerzas antes de decir algo muy importante.

—Si no están dentro de la ciudad, solo existe otra posibilidad: que estén fuera.

Ella no podía creerlo y abrió la boca asombrada.

—Se me ocurrió antes, pero no dije nada para no asustar a toda esta gente. Si no están en el Parque Central, ¿dónde pueden haberse metido tantos y tantos niños? No hay ningún sitio lo suficientemente grande en toda la ciudad.

Consuelo asintió en silencio.

—Así que ya lo sabes. Si no los encontráis allí, dirigíos al exterior.

—Todo el mundo tendrá miedo de salir.

—Tonterías, por mi trabajo sé que no supone peligro alguno. Si la energía no se restablece, hay que salir. Es la única forma de salvarnos.

—No sé si podré convencerles, José María.

—Podrás porque es preciso. Mírame. Hasta hace apenas media hora quería quedarme sentado a esperar que los problemas se solucionasen por sí solos, pero ahora estoy dispuesto a luchar por salvarnos. ¿Y los que nos rodean? Hasta hace un rato no hubieran osado dirigirse la palabra y ahora están dispuestos a ayudarse unos a otros. Es hermoso..., hace tiempo que no teníamos sentimientos como estos.

—Es verdad —murmuró Consuelo, absolutamente convencida.

Le echó los brazos al cuello y le besó sin importarle los presentes.

—¡Hasta pronto! —dijo José María, mientras comenzaba a andar en dirección contraria.

No fue fácil llegar hasta el gran Parque Central. Una multitud, que había llegado a la misma conclusión que ellos, se abría paso hacia allí, a codazos y empujones. Por fin, desembocaron en la gigantesca explanada de cristal blanco y césped artificial que ocupaba el centro de la ciudad. Para asombro de todos, allí tampoco había ningún niño. En medio de la confusión y el desánimo, Consuelo se encaramó a una figura geométrica situada en mitad del parque.

—¡Escuchadme todos! —gritó haciendo un embudo con las manos para que su voz llegara más lejos.

La multitud se quedó petrificada de asombro. Sus siguientes palabras se oyeron hasta en el último rincón del parque.

—¡Estamos ante una situación de emergencia!

Los presentes se miraban atónitos, sin atreverse a decir en voz alta lo que pensaban del atrevimiento de aquella desconocida.

Hasta que una voz surgió entre la multitud:

—Para hablar con desconocidos se usa el videoteléfono.

Hubo murmullos de aprobación.

—No funcionan, ya lo sabéis.

—¡No podemos permitir que alguien hable en público como si fuéramos salvajes! —gritó otra voz.

—Así se hacían las revoluciones en la antigüedad —añadió alguien con desprecio.

Consuelo se pasó la mano por la frente para secarse el sudor.

—¡Es preciso que me escuchéis! —continuó con energía arrolladora—. ¿Habéis visto a algún niño en alguna parte de la ciudad?

Todos se negaban inconscientemente a que de sus gargantas saliera una sola palabra que les pusiera en contacto con aquella desconocida. Hasta los murmullos se apagaron.

—¡No! —gritó alguien al fin.

Y de repente, cientos de voces rompieron el miedo colectivo a comunicarse.

—¡No!

—¡No!

—¡No!

Consuelo tomó una bocanada de aire antes de continuar.

—Entonces solo pueden estar fuera...

—¿Fuera?

—Dónde?

—¡Qué absurdo!

Consuelo sintió que le temblaban las piernas.

—En el exterior. Hay que ir a buscarlos.

—¡Está loca! ¿Cómo vamos a salir de la burbuja?

—¡Puede ser peligroso! —gritó un hombre, ya mayor.

—¿Y permanecer aquí dentro no es peligroso? ¿Cuánto tiempo nos durará el aire? ¿Cuánto la luz?

—La luz nunca se apaga —contestó alguien.

—La luz que tenemos ahora es la que se filtra a través de la cúpula. Cuando en el exterior sea de noche, aquí también lo será. A medida que aumente el calor, todo el mundo querrá salir y en la oscuridad será casi imposible... Se producirá una catástrofe.

Un estremecimiento recorrió a la multitud. Sabían que era verdad, pero no querían creerlo.

—¡Hay que salir ahora mismo! —exclamaron varios.

—¡Yo me voy con ella!

—¡Y yo!

—¡Yo también!

Mientras tanto, en la cara norte del Palacio de los Inventos Totales, un viejecito, con boina y zapatillas, los contemplaba burlón. Nadie podía verle, pero él seguía los movimientos de la multitud con atención.

«No son tan estúpidos como yo me temí que se habían vuelto» —pensó apoyando la cabeza contra el cristal, pues sus ojos ya no eran los de antes.

Viéndolos partir, suspiró satisfecho y se sentó junto al Gran Ordenador Central, mientras jugaba distraído con las zapatillas. Misteriosamente, allí dentro no se había ido la energía. Para Bonifacio Fernández hubiera sido muy fácil poner de nuevo la ciudad en marcha y facilitar la salida a aquellos seres que corrían angustiados hacia el exterior. Pero se resistía a hacerlo, porque quería comprobar la capacidad de lucha que todavía le quedaba al género humano. Su enfrentamiento con la intemperie, después de tantos años, le había hecho reflexionar, y llegó a la conclusión de que el hombre forma parte de la naturaleza. El haberse alejado de ella, mediante el bienestar, lejos de hacerle más feliz, le había convertido en un ser ignorante e indefenso. Por esta razón jugaba tranquilamente con sus zapatillas mientras esperaba acontecimientos.

9

Reencuentro

FUERA de la Ciudad Burbuja Tres, del paralelo catorce, finalizaba el verano. El sol amarilleaba los campos que llegaban al mismo borde de la burbuja. El primer grupo de exploradores, capitaneados por Consuelo, avanzaba despacio, estremeciéndose cada vez que las hierbas rozaban sus piernas.

Solo el deseo de encontrar a sus hijos les impulsaba a seguir adelante. A no mucha distancia descubrieron un montón de ropas, amontonadas junto a un árbol, pero lejos de considerarlo un buen augurio, esto aumentó aún más su angustia. Era incomprensible para ellos que alguien se desprendiese de una vestimenta que ayudaba a conservar la temperatura y rechazaba la suciedad.

Olvidando su aversión al roce de las plantas y a los insectos que pululaban alrededor, empezaron a correr, campo a través, mientras llamaban con desesperación a sus hijos.

No estaban muy lejos de ellos. Jugaban aquí y allá, según las preferencias de cada cual. Unos en el arroyo, otros junto al mar, otros en los árboles o las praderas.

El encuentro fue emocionante.

—¡Sara! ¡Sara! —llamaba Consuelo cada vez que veía un grupo de niños en el que, por la edad, podía encontrarse su hija.

Por fin, una voz gangosa de adolescente le respondió:

—Está allí arriba, junto a los árboles.

Consuelo corrió hacia un pequeño bosquecillo que crecía cerca de la playa.

—Sara, ¿dónde estás?

Creyó oír la voz de Sara que la llamaba «mamá», pero al volverse no la vio por ninguna parte, y esto aumentó su angustia.

—Mamá, ¿cómo has venido hasta aquí? —dijo la muchacha desde lo alto de un árbol.

Consuelo dio un respingo, sobresaltada.

—¿Qué haces ahí arriba?

—Estamos construyendo una cabaña de robinsones.

—¿Te han raptado los robinsones? ¿Son peligrosos?

Sara no pudo contener la carcajada, sin acordarse de que, hasta hacía apenas unos meses, ella tampoco sabía quiénes eran los «robinsones».

—Mamá, los robinsones eran náufragos de otros siglos que construyeron cabañas en los árboles para sobrevivir.

—¿Náufragos...? ¡Qué cosas tan raras dices! ¡Baja de ahí ahora mismo! Nos ha sucedido una desgracia y tienes que darme muchas explicaciones.

—¿Qué desgracia ha sucedido? No le habrá pasado nada a papá, ¿verdad?

—No, está bien. Supongo que no tardará en encontrarnos.

Al llegar al suelo, su madre la abrazó con toda la fuerza de la que era capaz. Sara no recordaba que la hubiera abrazado y besado tanto desde que era un bebé. Ya era mayor y temía las burlas de sus amigos, pero en su interior se sentía encantada.

—¿Cómo has llegado hasta aquí?

—Es muy largo de contar... El día de mi cumpleaños era primavera. Estábamos reunidos en el jardín y...

Todo lo que Sara había guardado para sí durante meses lo contó en aquella media hora. Las palabras se le atropellaban en la garganta como un torrente arrollador, intentando describir sus juegos en la playa, sus aventuras en la montaña, sus batallas junto al río... En fin, todo aquel mundo nuevo, recién descubierto.

—¿Sabes una cosa? Me alegro de que la energía se haya ido. Gracias a eso estás aquí, a mi lado.

—No sabemos cuándo volverá... —trató de que su voz fuera firme para no preocupar a Sara.

—¡Qué importa!

—No lo entiendes...

Su voz zozobró. Había sido valiente, pero ahora que se encontraba relajada, notó que la nariz se le humedecía.

—Tendremos que vivir aquí fuera hasta que vuelva la energía —dijo como si se tratara de la mayor desgracia de todos los tiempos.

—Lo pasaremos muy bien, ya lo verás.

—¿Sabes que fuera de la burbuja no hay luz por la noche? ¿Qué haremos sin luz?

—Nos dormiremos, y si te da mucho miedo, encenderemos una fogata.

Consuelo contempló a su hija con orgullo. Se sorprendió al ver lo que había crecido en los últimos meses... Era una mujercita.

—La romperé en cuanto volvamos a casa —dijo en voz alta.

—¿Qué es lo que romperás, mamá?

—La máquina maravillosa. Ella tiene la culpa de que nos hayamos separado.

—Las máquinas son solo máquinas, mamá, nunca tienen la culpa de nada.

—Nos ha convertido en seres peligrosos —dijo Consuelo con un estremecimiento.

Sara sonrió.

—Al principio, todos los chicos estábamos muy contentos con la máquina maravillosa. ¡Era tan cómodo

hacer lo que nos venía en gana...! Hasta que nuestros padres se volvieron sordos, mudos, ciegos..., incapaces de otra cosa que no fuera tumbarse boca arriba cuando empezaba la emisión. Deliberamos sobre la conveniencia de deciros la verdad, pero decidimos no hacerlo. Os habríais limitado a impedirnos salir y nos hubiéramos quedado sin padres y sin juegos.

* * *

A la mañana siguiente la energía seguía sin restablecerse. Así pasaron varios días, sin que nadie lograra averiguar la causa de la avería. Pero poco a poco, los habitantes de la ciudad-burbuja se iban acostumbrando a vivir en el exterior. Lejos de aburrirse, tenían tiempo de jugar y recorrer los alrededores, y como estaban al final del verano, por las noches era grato el calor de la hoguera. A su vera era frecuente oír conversaciones como esta:

—No sabía que nuestros hijos fueran amigos. Mucho gusto en conocerlos.

—Les daremos nuestro código de video-teléfono, para llamarnos cuando volvamos a la ciudad.

—Quizá les parezca de mala educación..., pero ¿por qué no nos vemos personalmente? Es más agradable charlar cara a cara...

—Estamos de acuerdo. De ahora en adelante visitaremos a todos nuestros amigos...

Una mañana la energía volvió tan misteriosamente como se había ido. Poco a poco la ciudad-burbuja fue resucitando y sus habitantes se apresuraron a volver para disfrutar de las comodidades a las que estaban acostumbrados. Ya no era necesario dar largas caminatas para procurarse alimentos o leña, ni charlar con desconocidos para matar el tiempo, porque la máquina maravillosa volvió a funcionar. Todo retornó a ser como antes...

Todo no; algo había cambiado. Comenzaron a verse adultos deambulando por las aceras durante las horas de emisión. Según decían ellos, las máquinas se desconectaban y no veían nada. Según Bonifacio Fernández, la máquina maravillosa funcionaba perfectamente, y a los que le pedían que se la arreglase les explicaba que si no veían nada era porque nada querían ver.

Como pasearse por las aceras era incómodo, algunos padres, con la disculpa de acompañar a sus hijos, salían al exterior.

Otros se reunían en el gran Parque Central para disfrutar de la «naturaleza artificial», como decían las autoridades. Allí daban vueltas y más vueltas alrededor de las estatuas de cristal, con la mirada perdida, sin atreverse a reconocer que echaban de menos el horizonte.

Todos añoraban el mundo exterior: el sol, el placer de la sombra, los juegos junto al mar, el marisqueo, las fogatas del anochecer... Olvidándose del trabajo, del cansancio, del frío que pasaron una noche de lluvia... Pero eso es frecuente en el ser humano.

Mediante votos instantáneos, emitidos desde sus hogares al Ordenador Central, consiguieron ir cambiando las cosas: los jardines de plástico fueron sustituidos por jardines auténticos; se derribaron las paredes que separaban una casa de otra; se ensancharon las aceras y se hicieron habituales las salidas al exterior para disfrutar de la naturaleza. Por fin, un día decidieron quitar la burbuja de plástico que cubría la ciudad para poder ver el horizonte... Y todas las ciudades del planeta los imitaron.

Bonifacio Fernández, el artífice del milagro, estaba feliz.

* *
*

Sara pulsó el interruptor de dictado y el ordenador-impresor dejó de funcionar. Necesitaba un descanso, pues los años no pasaban en balde y ya no era la de antaño. Sus cabellos blanqueaban y su cara estaba fláccida, pero sus ojos todavía conservaban aquella inquietud de la adolescencia. Claro que tampoco los cabellos de David, que estaba a su lado, tenían el color zanahoria de otros tiempos... Hacía tantos años de aquello... y parecía que había sido ayer.

Inspiró profundamente y reanudó el dictado; solo le quedaban unas cuantas frases pendientes.

—Pero eso sucedió hace muchos, muchísimos años...

—Cuando todavía la humanidad apenas si estaba civilizada —añadió David mirándola con ternura.

Fin

alta mar

Taller de lectura

La máquina maravillosa

1. A veces se juntan dos palabras...

Se nos ha ocurrido una idea: abrir un diccionario por dos páginas diferentes y escribir las dos primeras palabras de cada una de sus páginas, una a continuación de otra.

Veamos cuáles son:

1.ª *Estaca* (en el diccionario que utilizamos aparece en la página número 72). Ya ves, pues, que no se trata de un diccionario voluminoso. Por cierto: te recomendamos que no te limites a tener y consultar solamente diccionarios gordotes. También los pequeños resultan muy útiles, pues con frecuencia permiten realizar algunas consultas con mayor brevedad.

2.ª *Quinientos* (aparece en la página 130).

Si juntamos las dos palabras podemos leer:

ESTACA QUINIENTOS

De acuerdo con el resultado conseguido podríamos concluir completando el título de este primer apartado escribiendo que... «A veces se juntan (o coinciden) dos palabras que ni siquiera pueden saludarse».

Fíjate que hasta la casualidad ha querido que una pertenezca al género femenino y la otra al masculino. De modo que, aunque lo deseásemos, ni siquiera podríamos escribir una frase que comenzase más o menos...

«Don Juan compró quinientos estacas para...».

1.1. Consulta un diccionario como hemos hecho nosotros. Ábrelo por dos páginas diferentes y escribe juntas las dos primeras palabras de dichas páginas. Hazlo tres o cuatro veces. Después, redacta un comentario sobre cada par de palabras y otro sobre el total.

....
....
....
....

1.2. En ocasiones coinciden dos palabras como las siguientes:

1.ª *Fantasía.*

2.ª *Científica.*

Y al escribirlas una a continuación de la otra leemos:

FANTASÍA CIENTÍFICA

Naturalmente, a la vista del resultado conseguido, podríamos concluir diciendo:

A veces se juntan dos palabras que pueden decirse (saludarse) «buenos días», «buenas tardes», «buenas noches» y «hasta mañana si Dios quiere». Porque son como dos amigos. Son... tal para cual.

Eso es, al menos, lo que nosotros pensamos.

Vuelve a realizar la experiencia que te hemos solicitado en el punto 1.1 y escribe un comentario sobre dos palabras que, en tu opinión, puedan saludarse, por lo menos, con un «buenas noches y hasta otro día».

....
....
....
....
....

2. Fantasía científica

Quizá te preguntes por qué consideramos estas dos palabras, *fantasía* y *científica, como* un par de amigas. Para nosotros existen varias razones. Entre otras, por ejemplo:

a) Nos gustan consideradas independientemente, de forma aislada, por lo que cada una de ellas significa (queremos decir que nos gusta lo fantástico y lo científico).

b) Se trata de dos palabras que, escritas una a continuación de la otra, resultan muy eufónicas, componen como una pequeña sinfonía (cierra los ojos, pronúncialas varias veces y trata de escucharlas).

c) Las dos llevan tilde sobre la vocal *i*.

d) Son dos palabras que, unidas, nos invitan a jugar, a pensar, a crear...

Imagina, por ejemplo, una *fantasía científica* de los *conjuntos* que has estudiado en matemáticas. O una *fantasía científica* sobre las regiones españolas. ¡Miles de *fantasías científicas* puedes imaginar!

e) Porque forman una expresión antagónica, contradictoria. Sí, sí. La ciencia es la exactitud. Dos más dos igual a cuatro. Y la fantasía es lo caprichoso. Dos más dos igual a cuatro, a cinco, a seis...

Sin embargo, las dos palabras juntas, fantasía y científica, expresan una realidad. Es decir, algo que existe. Esa realidad se llama *literatura de ciencia ficción;* *La máquina maravillosa* pertenece a este género de literatura.

2.1. Combina letras o sílabas de las dos palabras, *fantasía* y *científica,* para formar otras nuevas. Esas palabras deben ser fantásticas para que signifiquen lo que tú desees.

Por ejemplo:

Fitasía: Palabra formada por las sílabas *fi* de científica y *tasía* de fantasía.

Significa «ciencia que estudia y trata de descubrir a qué se debe la afición ancestral de los patos a realizar concursos de carreras sobre las aguas de pequeñas lagunas en noches de luna llena».

....
....
....
....
....
....

3. ¿Qué conoces acerca de la literatura de ciencia ficción?

Te hemos dicho que el libro de Elvira Menéndez pertenece al género ciencia ficción. Tú ya lo has leído, y con toda seguridad conocerás, gracias a la lectura, otros libros de este mismo género.

3.1. Escribe una definición sobre literatura de ciencia ficción teniendo en cuenta tu experiencia lectora.

....
....
....

4. Para que recuerdes unas notas sobre la literatura de ciencia ficción (I)

No faltan quienes afirman que se trata de una literatura de anticipación del porvenir, es decir, que se *adelanta* a lo que un día puede llegar a existir o a ocurrir. Por eso la consideran una literatura abierta al futuro y, por consiguiente, a la modernidad. De aquí que no sea casual el hecho de que entre los principales lectores de ciencia ficción se encuentren los hombres de ciencia, los científicos y los ejecutivos. Y es que una de las notas que caracterizan este tipo de literatura es su espíritu progresista, porque al abrirse al futuro se abre también al progreso.

Naturalmente es una literatura fantástica, y esta es otra de sus notas, pero no se queda en una fantasía sin más, en el sentido de que siempre debemos considerar fantástico todo cuanto presenta, puesto que *puede* llegar un momento en que eso mismo se convierta en realidad.

¿Cómo contemplaría hoy aquel magnífico y «fantástico» Julio Verne el hecho de llegar a la Luna, cuando ya los astronautas casi la tienen olvidada? ¡Y murió en el año 1905! Por eso la literatura de ciencia ficción describe, en ocasiones, una «irrealidad provisional», algo que no es real en un momento determinado, por ejemplo ahora, pero puede llegar a serlo. Si lo prefieres, describe o presenta *fantasías presentes,* que cuentan, algunas, con posibilidades de convertirse en *realidades futuras.*

Sin embargo, la literatura verdaderamente fantástica será siempre fantástica, sin que lo que narra se convierta en algo real. Por ejemplo, no esperes que mañana llegue un saltamontes a tu casa y te pregunte: «¿Cómo estás, querida/o...?» (y a continuación pronuncie tu nombre).

Así pues, la literatura de ciencia ficción se acerca a la ciencia que es actual, cierta, en cada momento, para impulsarla con la fuerza de la imaginación. Es como si el hombre conquistase descubrimientos científicos nuevos gracias a su capacidad de imaginar. Dicho más brevemente: como si la ciencia y la Imaginación trabajasen en equipo, cogidas de la mano.

4.1. Contesta y razona tu respuesta o tus respuestas. ¿Se pueden ampliar los conocimientos científicos de forma imaginaria? ¿Es posible descubrir ciencia imaginativamente?

....

....

....

....

....

5. Para que recuerdes unas notas sobre la literatura de ciencia ficción (II)

Ya conoces que para muchos la literatura de ciencia ficción se ocupa del futuro. Sin embargo, para otros se *preocupa* sobre todo del *presente,* de modo que aunque los acontecimientos, los escenarios, los protagonistas, las condiciones de vida, etc., se sitúen en otros mundos (planetas, galaxias...), alejados del nuestro, en el fondo lo que tratan de hacer sus creadores es hablar al hombre actual para advertirle —para que reflexione— sobre lo que puede ocurrirle o ya le sucede. También para criticar algunos de sus comportamientos.

5.1. De acuerdo con lo que te hemos contado sobre la literatura de ciencia ficción, aunque seguramente ya lo conocías, ¿*La máquina maravillosa* se ocupa del presente o del futuro? ¿Cuál es tu opinión? ¿Por qué?

....

....

....

....

6. Para comenzar: si la vida del año 2090 viene a ser, o simplemente a parecerse, a la que se narra en *La máquina maravillosa*, habrá que decirle a este señor año que no tenga demasiadas prisas por llegar

La autora *prevé* lo que puede ser la vida en la Tierra dentro de muy poco tiempo (nosotros pensamos que es el mejor planeta de los imaginables, si nos empeñamos en que así sea).

Porque para una niña o un niño sería grave desconocer qué es un botijo o una boina. Tan grave, más quizá, ignorar lo sabroso que resulta desayunar chocolate con churros o comer pipas de girasol (seguro que te gustan). Terrible resultaría que desconociesen la existencia de los manzanos y de los grillos. Y si los niños del año 2090 no pueden llegar a disfrutar de la primavera —o del otoño, o del verano o del invierno, porque cada estación encierra su encanto—, seguramente no existe una palabra, o unas pocas palabras, para calificar el tipo de vida que vivirán los niños y los hombres dentro de cien años, más o menos. A pesar de que la autora escriba: «¡*Era tan cómoda la vida en el año 2090!*» (advierte que es una crítica).

6.1. Escribe:

1.º Una relación de las características que consideres de mayor interés, más significativas o importantes y que definan la vida del año 2090 en la Ciudad Burbuja Tres. Si lo precisas, relee algunas partes del libro.

....

....

....

2.º Las notas que te parecen más sobresalientes en el momento actual, el que te ha tocado vivir.

....

....

....

6.2. Compara las condiciones de vida, o la vida de las dos épocas, e indica la que consideras mejor y, en consecuencia, la que desearías para chicos como tú, para sus abuelos y sus padres, para sus amigos... Es decir, para los habitantes de la Tierra. Razona tu respuesta.

....
....
....
....
....

**7. Descubrir algo puede ser alegre o triste.
Una suerte o una desgracia.
Una noticia excelente o una mala noticia.
Porque depende de lo que se «descubra».
(O cómo unos niños del año 2090
consiguen que sus padres descubran
dos Mediterráneos, por lo menos)**

7.1. Indica qué significa la expresión *«descubrir el Mediterráneo»* y pon un ejemplo.

....
....
....
....
....

7.2. Eso les ocurrió a los habitantes —en realidad, a los padres y a las personas mayores— de la Ciudad Burbuja Tres, que «descubrieron», ¡dos veces, por lo menos!, el Mediterráneo. Y a pesar de todo, gracias a sus hijos. Porque si no hubiera sido por los niños... (para que veas la importancia que tiene lo que haces).

Sí. Descubrieron la naturaleza, con todo lo que significa. Y descubrieron la necesidad de que los hombres se comuniquen y se traten personalmente (como vecinos, como matrimonios, como padres de familia, como ciudadanos...).

Cita:

1.º Los datos que aparecen en el libro de Elvira Menéndez y que se refieren al descubrimiento de la naturaleza (te recomendamos que consultes o releas el texto para responder esta pregunta y la siguiente).

....

....

....

2.º Los hechos que demuestran la necesidad de que los hombres se comuniquen y se relacionen personalmente.

....

....

....

....

8. Y para dos descubrimientos como los que tienen lugar en *La máquina maravillosa,* dos inquietantes preguntas...

8.1. ¿Tendremos que «descubrir» también los hombres y los niños de hoy el valor de la naturaleza, aunque sea de forma diferente a como lo hicieron los niños del año 2090?

(Fíjate, por ejemplo, en que diariamente desaparecen especies de animales y de plantas sobre la Tierra). Razona tu respuesta.

....
....
....
....
....
....
....

8.2. ¿Tendrán que descubrir igualmente los niños actuales el inmenso valor y la necesidad de que los hombres se comuniquen y se traten personalmente, en lugar de hacerlo a través de teléfonos, por muy especiales que estos sean? (Muchas personas, quizá los poetas de una manera especial, hablan de la *incomunicación* del hombre actual. Fíjate hasta qué punto llega la falta de comunicación en el libro de Elvira

Menéndez, entre padres e hijos, por ejemplo, que ni siquiera la madre de Sara se da cuenta de que su hija crece: «*Consuelo contempló a su hija con orgullo. Se sorprendió al ver lo que había crecido en los últimos meses... Era una mujercita*»). Razona tu respuesta.

....
....
....
....
....
....
....

9. Más de dos descubrimientos, más. Por eso te hablamos del descubrimiento de dos Mediterráneos «por lo menos»

9.1. Tal vez uno de los mejores descubrimientos que puede hacer un niño sea cualquier aspecto relacionado con el juego. El descubrimiento de un juego nuevo, por ejemplo. Porque el juego se justifica por sí mismo, por el placer de participar y de relacionarse, de vencer o de entretenerse, de esforzarse y luchar en algunos casos... En este sentido se diferencia del trabajo, que se justifica especialmente por lo que produce, aunque no solo por ello.

Pues bien, los protagonistas de *La máquina maravillosa* algo descubren relacionado con el juego.

Cuenta brevemente cómo ocurre, en qué consiste y el valor que le conceden. Expresa también tu opinión acerca del significado de dicho descubrimiento.

....

....

....

....

**10. Sara, Elena, Pablo, David, el viejo Bonifacio, la televisión y el libro. Protagonistas todos.
La familia protagonista**

Si te preguntásemos qué es lo que consideras más importante en cualquier tipo de narración, responderías que los protagonistas y personajes, como ya te hemos señalado al comentar otros títulos de la colección ALTAMAR.

¿A qué se debe este hecho?

A varias razones, sin duda. Tal vez la más importante es que los consideras *amigos.* Aunque sean amigos encontrados o conocidos en los libros. Aunque sean «amigos literarios», pues con frecuencia se convierten por ellos mismos, aun sin desearlo, en más amigos que otros de carne y hueso.

Sí. Los protagonistas son lo más importante en cualquier tipo de narración. Porque nos emocionamos con ellos, porque lloramos o reímos cuando ellos sufren o cuando disfrutan, porque a veces tenemos que decirles adiós cuando nos gustaría, porque lo estamos deseando, que permaneciesen a nuestro lado.

Todos tenemos metidos tan profundamente en el corazón a algunos «amigos literarios» que no los olvidaremos nunca.

10.1. ¿Qué te gustaría decir a cada uno de los protagonistas del libro? Redáctalo sin olvidar que la televisión y el libro son también protagonistas.

....

....

....

....

....

10.2. ¿Qué protagonista prefieres? ¿Por qué? ¿Cuál es el que menos te ha gustado? ¿Por qué?

....

....

....

....

....

10.3. Si tuvieses que elegir a uno solo de tus «amigos literarios», ¿cuál sería? Explica tu respuesta.

....

....

....

....

....

....

11. Definir a los protagonistas con unas pocas palabras

Cuando leemos un libro, contestar algunas preguntas como las que te hemos hecho en el punto 10.2 es bastante sencillo y al propio tiempo interesante. *Algo te habrá dicho un protagonista, algo te habrá enseñado, algún valor te habrá comunicado cuando lo has elegido.*

Por eso decimos que es interesante justificar la elección de un protagonista, explicarla.

De cualquier manera, esa es una primera forma de acercarse a los protagonistas.

Pero debemos «avanzar» más, en un intento de comprenderlos mejor, de apreciar el sentido que tienen en una narración, de descubrir su verdadero significado, su valor como protagonistas.

Para conseguir este objetivo, del que casi nos atreveríamos a decir que es la única manera de conocer verdaderamente a un protagonista, tienes que acostumbrarte a definirlos con unas pocas palabras, de forma sintética, para expresar su verdadera esencia.

11.1. Intenta definir a cada uno de los protagonistas según te hemos indicado. Hazlo así:

Bonifacio es..

Pablo es..

11.2. Con el fin de ayudarte a realizar, cada día un poco mejor, la actividad que te hemos propuesto en el punto 11.1, te exponemos seguidamente la impresión que nos han causado los protagonistas de *La máquina maravillosa* (te advertimos que así los hemos visto nosotros, y que hasta es posible que la propia autora, que los ha creado, los vea de manera diferente). También te advertimos que cada protagonista es mucho más de lo que te decimos, pero tenemos que definirlos de forma breve y sintética.

Sara es la iniciativa.

Elena es casi el silencio y la sorpresa.

David es, durante la mayor parte de la narración —ya habrás advertido que al final ha cambiado tanto...—, el hijo predilecto de la ciudad burbuja y lo que la vida en ella significa. Desprecia el pasado por anticuado. «Siempre interesado por la técnica».

Pablo es la aventura, y en eso se parece a Sara. Pablo es el deseo por descubrir lo nuevo. Es el riesgo y el futuro. El ingenio y la inquietud. Pablo es el protagonista predilecto de la autora (eso pensamos, aunque deberíamos preguntárselo para asegurarnos).

Bonifacio es... Es un protagonista singular y especial, porque representa el valor de la historia, que es «maestra de la vida». Bonifacio es la voz de los hombres que nos han precedido, el valor del humanismo y el valor de la experiencia.

La televisión es un cacharro terrible, tonto y funesto cuando se encuentra con hombres tontos, porque dejan que les robe el tiempo, tan valioso siempre.

Pero la televisión es también el *hada mágica* de nuestra época, y por mucho tiempo. Eso ocurre cuando los hombres que no son tontos saben situarla en su lugar. Y entonces se convierte en eso, en el título de un libro, en *La máquina maravillosa.* Y en nada se parece a un cacharro tonto y funesto.

El libro es la riqueza mayor. La semilla, la reflexión, el disfrute y el gozo, el progreso, la cultura. El libro es todo menos la «zona vigilada».

¿Y qué es la libertad en el libro de Elvira Menéndez?

....

....

....

....

12. Preguntas y preguntas

12.1. En otras ocasiones, y en esta misma colección, te hemos hablado sobre lo interesante y necesario que resulta para un estudiante hacerse preguntas, interrogarse. Con el fin de animarte en esta tarea, vamos a proponerte cuatro tipos de preguntas diferentes, relacionadas con el libro de Elvira Menéndez.

1.º *Preguntas para la IMAGINACIÓN*

(Recuerda: son preguntas para la imaginación; por consiguiente, tus respuestas deben ser imaginativas).

a) ¿Cómo te gustaría que se riese una computadora

....

....

....

b) ¿Qué dos nombres elegirías para un «traje antideporte»?

....

c) ¿Y para una «profesora electrónica»?

....

d) ¿Cómo será un PIT? Es decir: ¿cómo será un Palacio de los Inventos Totales? (Fíjate bien: de los inventos totales. Algo se dice en el libro, aunque no todo).

....

....

....

f) ¿En qué se parecerá un PIT, suponiendo que se parezca en algo, a un «*Centro Superior de Investigaciones Geofísicas, Geodésicas y geo no sé cuántas cosas más*»? (Las palabras entrecomilladas pertenecen al autor de libros infantiles y juveniles Juan Antonio de Laiglesia, y puedes encontrarlas en su libro *Mariquilla la Pelá y otros cuentos*).

....
....
....
....
....

g) ¿Y en qué se parecerá, suponiendo también que se parezca en algo, a una habitación «*destartalada, caótica, desordenada. Una mezcla de dormitorio, cuarto de trastos viejos, laboratorio de inventor, cueva de alquimista y Museo Nacional de Todas las Cosas que No Sirven para Nada pero que Resultan Simpáticas*»? (Las palabras entrecomilladas pertenecen a José Antonio del Cañizo, y puedes encontrarlas en su libro *Las cosas del abuelo*. Recuerda que en el texto anterior aparece la expresión «laboratorio de inventor»).

....
....
....
....
....

h) ¿Se diferenciará en algo una persona que ríe así: ¡ji, ji, ji!, de otra que lo hace de forma diferente, por ejemplo: ¡jo, jo, jo! o ¡ja, ja, ja!?

....

....

2.º *Preguntas para la MEMORIA*

(O preguntas para que pongas a prueba tu capacidad de recuerdo).

a) ¿Cuántas velas eléctricas contenía la tarta preparada para celebrar el cumpleaños de Sara?

....

b) ¿Cómo llama Pablo al robot?

....

c) ¿Por qué Sara se aburre a veces con el robot?

....

d) ¿A quién pertenecía el libro que Sara enseña a sus amigos?

....

e) ¿A cuál de los cuatro protagonistas había que encargar un proyecto para que tuviera éxito?

....

f) ¿Cuál es el problema principal que deben resolver los protagonistas para salir de la burbuja?

....

3.º *Preguntas para la REFLEXIÓN*

(Es decir, preguntas que te ayuden a mejorar tu capacidad de pensar). Razona tus respuestas.

a) ¿Qué sería de la Tierra sin ovejas? Recuerda que son preguntas para reflexionar. Por eso podríamos preguntarnos: ¿qué sería de la Tierra sin animales? (La pregunta nos la ha sugerido esta frase del libro: La lana es *«una materia casi prehistórica»*).

....

....

....

....

b) ¿Se puede ser un niño de verdad o un hombre de verdad sin haber subido a una montaña o sin conocer el mar, un río, el vuelo de un pájaro o la grandiosidad de los relámpagos de una tormenta en plena noche de verano? (En el libro has leído: *«Nunca hemos estado en el campo»*).

....

....

....

....

4.º *Preguntas para el DEBATE*

(Se trata de preguntas que puedes discutir con tus compañeros de clase, con tus amigos, con tus padres y hermanos, etc.).

a) ¿Existen «cosas de viejos» y «cosas de jóvenes»?

b) ¿Es el hombre un animal estúpido? Lo has leído en el libro: *«El hombre es un animal estúpido»*.

c) ¿Consiste el bienestar en poseer muchas cosas? ¿O más bien en saber disfrutar de lo que tenemos a nuestro alcance? *(«Buscando el bienestar —el hombre— ha olvidado que la diversión es el mejor bienestar»).*

d) ¿Pasa algo o no sucede nada cuando los hijos hacen cosas diferentes a las de sus padres?

«—¡No digas tonterías! Los jóvenes siempre han hecho cosas diferentes a las de sus padres y nunca ha pasado nada» (palabras de la madre al padre de Sara).

12.2. Redacta un resumen sobre las ideas que has contrastado en relación con las preguntas del grupo 4.º (preguntas para el debate).

....

....

....

....

....

....

....

13. El mensaje

El libro de Elvira Menéndez contiene abundantes elementos para reflexionar; desde la crítica —piensa, por ejemplo, en unos padres que *«se volvieron sordos, mudos, ciegos... incapaces de otra cosa que no fuera tumbarse boca arriba cuando empezaba la emisión»*— hasta la esperanza. La esperanza que, como casi siempre, los escritores depositan en las manos de los niños. Por algo será.

Para nosotros, el mensaje del libro, la idea fundamental que desea transmitir, es una llamada de atención sobre la conducta o el comportamiento de los hombres, especialmente en relación con el uso de la técnica, que, con frecuencia, consigue que la vida sea más cómoda —recuerda las palabras con las que la autora casi comienza su narración—, pero de una manera más concreta en relación con la televisión, con el uso que los hombres hacemos de la «máquina maravillosa».

13.1. Indica algunas consecuencias que se citan en el libro y que se deben a una utilización inadecuada o improcedente de la televisión.

....
....
....
....

14. Sara... y Pablo

Ya te hemos indicado que son los autores quienes escriben los cuentos, las novelas... Te lo decíamos en el libro de Juan Farias titulado *Los apuros de un dibujante de historietas.*

Habrás advertido, al acabar la lectura del libro, que la autora se sirve de Sara para narrarnos su historia. Una Sara que «*ya no era la de antaño. Sus cabellos blanqueaban..., pero sus ojos todavía conservaban aquella inquietud de la adolescencia*».

Cuando Sara «escribe» o «nos cuenta» lo que sucede en *La máquina maravillosa,* David se encuentra junto a ella.

Nosotros pensamos —nos habría gustado, queremos decir— que debería ser Pablo y no David quien apareciese al lado de Sara cuando ya sus cabellos presentan el color de la nieve. Porque eran ellos, Sara y Pablo, o Pablo y Sara —recuerda el principio del taller—, como dos palabras que podían decirse: «Buenos días...», «buenas noches...», «hasta mañana...» y todas esas cosas tan bonitas cuando se dicen con amor.

¿Por qué?

Te contamos un secreto: antes, incluso, de acabar la lectura del libro, habíamos escrito para definir a los protagonistas:

«Sara es la iniciativa».

«Pablo es la aventura, y en eso se parece a Sara» (recuerda el punto 11.2 y consúltalo si deseas conocer lo que afirmábamos acerca de Pablo, que es como decir que lo afirmábamos, al mismo tiempo, sobre Sara).

Pero la autora no lo ha querido así, y ya sabes que son los autores quienes escriben las historias.

¿Será que Elvira Menéndez ha tenido en cuenta el principio de la física que afirma algo así como que «los polos opuestos se atraen»?

14.1. ¿Cuál es tu opinión? Indícala redactando un nuevo final para el libro (si coincide con el de la autora, cuéntalo de manera diferente, con otras palabras).

....
....
....
....
....
....
....
....
....
....
....
....

Índice

La autora:
Elvira Menéndez   5
Dedicatoria *Para ti...*   7

La máquina maravillosa
1. Fiesta de cumpleaños   9
2. Una máquina para entretener
   a los padres   32
3. ¡Eureka, ya lo tengo!   45
4. Preparando la fuga   56
5. Hacia lo desconocido   62
6. La visita   85
7. El anciano más simpático   92
8. ¿Dónde están los niños?   101
9. Reencuentro   117

Taller de lectura   127

Series de la colección

Ciencia Ficción

Aventuras

Cuentos

Humor

Misterio

Novela Histórica

Novela Realista

Poesía

Teatro

Títulos publicados

A partir de 12 años

2. Montserrat del AMO. **El abrazo del Nilo** (Aventuras)
3. Fernando ALMENA. **Los pieles rojas no quieren hacer el indio** (Teatro)
4. Ángela C. IONESCU. **«Déjame solo, Joe»** (Cuentos) ●
9. Juana Aurora MAYORAL. **La cueva de la Luna** (Ciencia Ficción)
10. Sauro MARIANELLI. **Una historia en la Historia** (Novela Histórica)
11. Pilar MOLINA LLORENTE. **Aura gris** (Novela Histórica) ●
13. Samuel BOLÍN. **Los casos del comisario Antonino** (Misterio)
15. Elvira MENÉNDEZ. **La máquina maravillosa** (Ciencia Ficción) ●
20. Gloria FUERTES. **La poesía no es un cuento** (Poesía)
21. Juana Aurora MAYORAL. **Enigma en el Curi-Cancha** (Novela Histórica)
22. Alan C. McLEAN. **El fantasma del valle** (Aventuras) ●
25. Jacques FUTRELLE. **La Máquina Pensante** (Misterio) ●
26. José Luis VELASCO. **El Océano Galáctico** (Ciencia Ficción) ●
39. Concha LÓPEZ NARVÁEZ. **El tiempo y la promesa** (Novela Histórica)
45. Alfredo GÓMEZ CERDÁ. **El laberinto de piedra** (Aventuras)
47. G. BEYERLEIN y H. LORENZ. **El sol no se detiene** (Novela Histórica)
49. Montserrat del AMO. **¡Siempre toca!** (Teatro)
51. Enrique PÁEZ. **Devuélveme el anillo, pelo cepillo** (Misterio) ●
57. Samuel BOLÍN. **Nuevos casos del comisario Antonino** (Misterio)
63. Francisco DÍAZ GUERRA. **El alfabeto de las 221 puertas** (Aventuras) ●
78. Montserrat del AMO. **Patio de corredor** (Novela Realista)
79. Enrique PÁEZ. **El Club del Camaleón** (Misterio) ●
84. Concha LÓPEZ NARVÁEZ. **La tejedora de la muerte** (Misterio)

100. Montserrat del AMO. **El bambú resiste la riada**
 (Novela Realista)
102. José Luis VELASCO. **24 horas para un rescate** (Misterio)
114. Alice VIEIRA. **Portal 12, 2.º centro** (Novela Realista) ●
126. Kenneth IRELAND. **La máscara de hombre-lobo**
 (Misterio)
137. Pilar LÓPEZ BERNUÉS. **El secreto del caserón abandonado** (Misterio)
142. Jill RUBALCABA. **Un lugar en el sol** (Novela Histórica)
145. M.ª Carmen de la BANDERA. **El héroe y la traición**
 (Novela Histórica)
157. Pilar LÓPEZ BERNUÉS. **El misterio de los cachorros desaparecidos** (Misterio)
170. Jo PESTUM. **Trece minutos después de medianoche**
 (Misterio) ●
175. Pilar LÓPEZ BERNUÉS. **Miedo y misterio en los Pirineos** (Misterio) ●
177. Luz ÁLVAREZ. **Alba de Montnegre** (Novela Histórica) ●
181. Pilar LÓPEZ BERNUÉS. **Un descubrimiento diabólico**
 (Misterio) ●
185. Pilar LÓPEZ BERNUÉS. **Misterios desde el parapente**
 (Misterio) ●
188. Jo PESTUM. **SOS desde el lago de la Plata** (Misterio) ●
201. Évelyne BRISOU-PELLEN. **Veneno y chocolate**
 (Misterio) ●
205. Esteban MARTÍN. **El misterio del lago Ness** (Misterio) ●
209. Pilar LÓPEZ BERNUÉS. **El enigma de La Rosa Negra**
 (Misterio) ●
212. Manel BALLART. **Te llenarán de lunas**
 (Novela Realista)
216. Concha LÓPEZ NARVÁEZ y María SALMERÓN LÓPEZ. **Los mellizos y el misterio del tesoro escondido**
 (Misterio) ●
221. Santiago GARCÍA-CLAIRAC. **Dragontime y Cleopatra**
 (Ciencia Ficción)
226. Esteban MARTÍN. **El mago de Cracovia**
 (Novela Realista) ●
232. Francisco DÍAZ VALLADARES. **Quique y los Caballaros de Negro** (Misterio)) ●

● Dispone de cuaderno de Lectura Eficaz.

También te gustarán

Otros libros de ciencia ficción
El Océano Galáctico. José Luis Velasco
Colección Altamar, n.º 26

Un joven científico español, su esposa y su hijo, al regresar de una expedición a Saturno que ha durado quince años, se encuentran en el espacio con un extraordinario planeta de agua. A partir de ese momento, los tres protagonistas viven una sucesión de sugestivas peripecias y peligros de los que escaparán gracias a su ingenio, su valor y sus conocimientos científicos.

Otros libros de misterio
El Club del Camaleón. Enrique Páez
Colección Altamar, n.º 79

Una banda de forajidos utiliza una serie televisiva para hacer llegar un mensaje subliminal a los niños que los dejará dormidos irreversiblemente. Las pandillas *El Club del Camaleón* y *Las Mandarinas de la China* se dan cuenta de todo ello y pretenden poner término a esta amenaza. Se prepara un vibrante y dinámico plan de acción que va cubriendo etapas, cada cual más interesante, hasta llegar al desenlace final, que se celebra con éxito en contra de los delincuentes.